U0455259

The
CHRONICLES
of
NARNIA

纳尼亚传奇

C. S. LEWIS

The Lion, the Witch and the Wardrobe

狮子、女巫和魔衣橱

〔英〕C. S. 刘易斯 著　　邓嘉宛 译

云南美术出版社

献给

露西·芭菲尔德

果麦文化　出品

我亲爱的露西：

　　这个故事是为你写的，可是，下笔开始写的时候，我没意识到小女孩成长得比书快。结果，你已经长大了，过了阅读童话故事的年龄了，等到这本书印刷完成并装订成册时，你又更大了一些。不过，总有一天，你会长大到一个重新开始阅读童话的年纪。那时，你可以将这本书从书架上拿下来，掸去灰尘，然后告诉我你的阅读感想。那时候说不定我已经老到听不见了，或老到听不懂你说的话了，但是，我依旧永远是

深爱你的教父
C. S. 刘易斯

· Contents ·

第一章

露西进了魔衣橱

从前，有四个名字叫作彼得、苏珊、爱德蒙和露西的孩子。这故事说的是战争期间，伦敦遭到空袭，他们被送到别处去避难发生的事。他们被送到偏僻的乡村去和一位老教授同住，老教授的家离最近的火车站足足有十英里远，离邮局也得走上两英里。老教授是个单身汉，他和女管家马葵蒂太太以及三名女仆（艾薇、玛格丽特和贝蒂，但她们和这故事没太大关系）住在一栋非常大的房子里。老教授年纪很大了，一头蓬乱的白发老是耷拉下来盖住脸，孩子们立刻喜欢上了他。不过，他们到达的那天晚上，老教授站在大门口迎接他们，那怪异的模样让露西（她的年纪最小）有点害怕，而爱德蒙（他是第二小的）看了却很想笑，只好不停假装擤鼻涕来掩饰。

第一天晚上，他们和老教授道过晚安上楼以后，男孩来到女孩的房间，四个人把眼前的情况热烈讨论了一番。

"这下我们可走运啦。"彼得说,"大家都要过上好日子了。那个老头会让我们爱干啥就干啥,不会管我们的。"

"他是个很可爱的老先生啊。"苏珊说。

爱德蒙说:"噢,别胡扯了!"他已经累了,却假装还很有精神,这总是让他变得脾气暴躁。"别用那种口气说话行不行!"

"哪种口气?"苏珊说,"还有,这时间你该上床睡觉了。"

"别用妈妈的口气教训我,"爱德蒙说,"你凭什么叫我上床睡觉?你才该上床睡觉。"

"我们都该上床睡觉了吧?"露西说,"如果被人听见我们还在这里聊天,一定会挨骂的。"

"不会的。"彼得说,"我告诉你,这种人家,是那种不管我们做什么都不会有人管的地方。反正,他们不会听见我们说话。从这儿到楼下餐厅,起码得走十分钟,中间还隔着一大堆楼梯和走道。"

"那是什么声音?"露西突然说。她从来没住过这么大的房子,一想到那些长长的走廊和一排排通往许多空房间的门,她心里就有点发毛。

"只是一只鸟啦,傻瓜。"爱德蒙说。

"是一只猫头鹰。"彼得说,"这地方太适合鸟类居住了。现在我要去睡觉啦。明天我们一起去探险吧。这种地方,你可能什么东西都能找到。来的时候,你们看到那些山了吗?还有树林?那里说不定有老鹰,有雄鹿,还可能有鹰隼。"

"还有獾!"露西说。

"狐狸!"爱德蒙说。

"野兔!"苏珊说。

但是,第二天早上,外面却下着倾盆大雨,雨势大到你往窗外看都看不见那些山和树林,连花园里的小溪都看不见。

"当然**会**下雨!"爱德蒙说。他们刚跟老教授一起吃过早饭,上楼回到他特别给他们准备的房间——一个狭长低矮、两面墙上各有两个窗户的房间。

"别发牢骚了,爱德。"苏珊说,"再过一小时,十有八九会放晴。现在我们这样也挺好的啊。有收音机可以听,还有一大堆书可以看。"

"我没兴趣。"彼得说,"我要去这栋屋子里探探险。"

大家都觉得这主意好,这趟冒险之旅就是这么开始的。这是一栋你似乎永远走不到尽头的房子,里面充满各种让人料想不到的地方。他们首先试着打开的那几扇门,果然都是没人的空卧室。不过,不久他们就来到一个非常狭长的房间,里面摆满了画,还发现了一副盔甲。之后是一个整间都是绿色调装饰的房间,有个角落摆着一架竖琴。接着,他们下了三级楼梯,又往上走了五级楼梯,来到一个像是楼上小客厅一样的地方,有一扇门可以通往阳台,然后是一连串一间又一间的房间,里面摆满了成排的书——绝大部分是非常古老的书,有些书本比教堂里的《圣经》还大本。不一会儿,他们穿过了所有这些藏书室,来到一个空房间,里面只摆着一个大衣橱,就是那种橱门上镶着镜子的大衣橱。除了窗台上有一只死掉的青蝇，房间里再没别的东西了。

"这里什么也没有！"彼得说，大家继续往前走——只有露西没动。她留下没走，觉得那衣橱值得打开来看一下，虽然衣橱的门可能锁着。出乎她的意料，衣橱的门竟然一拉就开了，而且还从里面掉出两颗樟脑丸来。

她朝衣橱里看，里面挂了几件大衣——大部分是长长的毛皮大衣。露西向来喜欢毛皮的气味和触感，她立刻跨进衣橱，置身在一堆大衣当中，把脸贴在那些柔软的毛皮上磨蹭。衣橱的门当然开着，她知道把自己关在衣橱里是很蠢的事。不一会儿，她又往前走，发现第一排大衣后面还挂了第二排大衣。衣橱里挺黑的，她朝前伸直两条手臂，以免自己一头撞上衣橱后方的背板。她往前跨一步——接着又走了两三步，预期指尖会抵到木头。可是她一直什么也没摸到。

"这一定是个巨大无比的衣橱！"露西想着，一边继续往前走，把柔软的大衣往两旁推开，给自己腾出一点空间。接着，她注意到自己脚下踩到了某种嘎吱作响的东西。"还有这么多樟脑丸？"她想，弯下腰伸手去摸。不料，她摸到的不是衣橱底部坚硬、平滑的木头，而是某种柔软、冰冷，如同粉末一般的东西。"这真是太奇怪了。"她说，又往前走了一两步。

下一刻，她发现擦过她脸颊和双手的不再是柔软的毛皮，而是某种又硬又粗，甚至有点刺刺的东西。"哎呀，这感觉就像树枝嘛！"露西惊叫道。接着她看见自己前方有一道光，不是背后衣橱透过来的只有几寸远的光，而是来自很远的地方的一道光。某种冰凉又柔软的东西落在她身上。过了片刻，她才发现自己竟是站在夜晚的森林中，脚下踏着皑皑白雪，一片接一片的雪花正从空中飘落下来。

露西有点害怕，但同时觉得非常好奇和兴奋。她回头望去，依然能从幽暗的树干间看见敞开的衣橱门，甚至能瞥见她刚才走出来的那个空房间（她当然没把门关上，她知道把自己关在衣橱里是很蠢的事）。那边似乎还是白天。露西想："反正要是情况不对，我随时都能回去。"她开始往前走，嘎吱嘎吱地踏过雪地，穿过树林朝另一个光源走去。大约十分钟之后，她到达那里，发现那是一根路灯柱。就在她看着路灯柱，疑惑为什么树林中会有这么个东西，并考虑接下来该做什么的时候，她听见一阵啪嗒、啪嗒的脚步声朝她走过来。不一会儿，一个模样很奇怪的人从树林中走出来，进入路灯柱的照亮范围里。

他只比露西高一点，手里撑着一把伞，伞上覆满白雪。他的上半身像人，但是下半身双腿的形状却像山羊（腿上长着乌黑发亮的毛），双脚也是羊蹄。他还有一条尾巴，但是露西起初没注意到，因为那条尾巴巧妙地卷在撑伞的手臂上，免得在雪地里拖着走。他的脖子上围了一条红色的羊毛围巾，皮肤也是红红的。他有一张奇怪，看起来却很顺眼的小脸，脸上有一撮短短尖尖的胡子，还有一头鬈发，额头两边的鬈发中各冒出一只角。正如我说的，他一只手撑伞，另一只手抱着几个牛皮纸包。那些纸包配上周围的雪景，看起来像是他刚刚做了圣诞节的大采购。他是个人羊。他看见露西，大吃一惊，手中的包裹全掉到了地上。

"我的天啊！"人羊惊叫道。

第二章

露西的发现

"晚上好！"露西说。但是人羊忙着捡那些包裹，一时没有答话。他捡完后对露西微微鞠了一躬。

"晚上好，晚上好。"人羊说，"对不起，我不想显得多嘴乱问——不过，我要是想得没错，你就是夏娃之女吧？"

"我叫露西。"她说，没太懂他的意思。

"可你就是——请见谅啊——你就是他们说的'女孩'吗？"人羊说。

"我当然是个女孩啊。"露西说。

"这么说，你是个人类？"

"我当然是人类。"露西说，仍然有点困惑。

"当然，当然，"人羊说，"我可真笨！但是我以前从来没见过亚当之子或夏娃之女。我真高兴。那就是说——"他一下子顿住，好像话到嘴边却及时想起不该说。"高兴，真高兴。"

他继续说，"请容我自我介绍，我叫图姆纳斯。"

"很高兴能认识你，图姆纳斯先生。"露西说。

"噢，夏娃之女露西，我可以问问吗，"图姆纳斯先生说，"你是怎么来到纳尼亚的？"

"纳尼亚？什么是纳尼亚？"露西说。

"这里是纳尼亚王国，"人羊说，"就是现在我们所在的地方。从路灯柱起，一直到东海边的凯尔帕拉维尔城堡，全都属于纳尼亚的国土。那么你——你是从'西方野林'来的吗？"

"我——我是穿过空房间的衣橱进来的。"露西说。

"啊！"图姆纳斯先生以一种忧伤的声音说，"要是我小时候好好学地理就好了，那我肯定会知道所有那些奇怪的国家。现在后悔也来不及了。"

"可是它们根本就不是国家呀，"露西说，几乎笑出来，"它就在后面那边——反正——我也不确定。那边还是夏天。"

"而此时的纳尼亚是冬天，"图姆纳斯先生说，"而且一直以来都是。如果我们继续站在这雪天里说话，可都要感冒了。来自遥远的'空方坚'王国，由永恒夏日笼罩的明亮'伊储'城的夏娃之女啊，你愿意到我家来喝杯茶吗？"

"非常谢谢你，图姆纳斯先生。"露西说，"可是我在想，我是不是应该回去了。"

"转个弯就到了，"人羊说，"我那儿有烧得旺旺的炉火，有烤面包，有沙丁鱼，还有蛋糕。"

"哦，你真是太好了。"露西说，"但是我不能待太久。"

"来，夏娃之女，挽着我的胳膊吧，"图姆纳斯先生说，"这样我的伞就能把我们俩都遮住。对，就是这样。好，我们走喽。"

就这样，露西发现自己跟这奇怪的生物手挽手走进了树林，就像他们已经认识了一辈子似的。

没走多远，他们来到一个路面崎岖不平，遍布石头，还有一座座起伏小山丘的地方。在一个小山谷的谷底，图姆纳斯先生突然往旁边一拐，仿佛要朝一块异常巨大的石头径直走去一样，但在最后一刻，露西发现他是带她走进一个山洞的入口。一进洞里，她就被一堆柴火照得直眨眼睛。图姆纳斯先生弯下腰，用一把精巧的小火钳从炉火中夹出一根燃烧的木柴，点亮了灯。"好了，我们不会耽搁太久的。"他说着，立刻把壶放上去烧开水。

露西觉得这是她到过最好的地方。这山洞小巧、干爽、清洁，壁上的岩石略带红色，地上铺着一条地毯，摆着两把小椅子（图姆纳斯先生说："一把我坐，一把给朋友坐。"）、一张桌子、一个餐具柜，在炉火上方有个壁炉台，壁炉台上方挂着一幅灰胡子老人羊的画像。在一个角落有扇门，露西觉得那一定是通往图姆纳斯先生的卧室，还有一面墙上有个摆满了书的书架。图姆纳斯先生在准备茶点的时候，露西走过去看看架上那些书。书名有《森林之神西勒诺斯的生平与书信集》《水泽女神并其特性》《人类、修士和猎场看守人》《民间传说研究》和《人类是个神话？》，等等。

“可以吃啦，夏娃之女！”人羊说。

这真是一顿很棒的茶点。他们先各吃了一个煮得很嫩的褐蛋，然后是加上沙丁鱼的烤面包，抹了黄油的烤面包，涂了蜂蜜的烤面包，最后是一块顶上撒满了糖的蛋糕。等到露西再也吃不动了，人羊开始和她聊天。他讲了很多关于森林生活的美妙故事。他讲了午夜的舞蹈会，住在泉中的水泽女神和住在林中的树精如何出来与人羊一起跳舞；他讲了长长的、追捕奶白色雄鹿的狩猎队伍，如果你能捕获它，它就能实现你的愿望；他讲了和野蛮的红矮人在森林地底深处的矿坑和洞穴里宴饮与寻宝；然后他说到夏天，树林中一片青绿，老西勒诺斯会骑着他的胖驴子来拜访他们，有时候连酒神巴克斯也会来，那时，溪中流淌的都是美酒而不是溪水，整座森林会连续数周沉浸在欢乐中。“不像现在一直都是冬天。”他忧郁地补充道。为了让自己振奋起来，他从餐具柜上的盒子里拿出一支很奇特的，像是稻草做的小笛子，开始吹奏起来。他演奏的曲调让露西既想哭，又想笑，还想要起来跳舞，却又昏昏欲睡。肯定是过了好几个小时以后，她才从恍惚中惊醒，说：

“啊，图姆纳斯先生——很抱歉打断你的演奏，我真的很喜欢这曲子，但是我真的得回家了。我原本只想待几分钟的。”

“**现在**已经没用了，你明白吧。”人羊说，他放下笛子，非常悲伤地对她摇摇头。

“没用了？”露西说，她跳了起来，感到很害怕。“你是什么意思？我必须马上回家。他们会以为我出了什么事。"但过了一会儿她又问："图姆纳斯先生！到底是怎么回事？"因为人羊棕色的眼睛里满是泪水，接着眼泪开始滑下他的面颊，很快就顺着鼻尖滚落；最后，人羊双手掩面，开始号啕大哭。

"图姆纳斯先生！图姆纳斯先生！"露西十分苦恼地说，"别哭啊，别哭啊！到底怎么回事？你不舒服吗？好图姆纳斯先生，快告诉我到底出了什么事啊。"但是人羊继续哭泣，好像心都要碎了。露西走过去张开双臂抱住他，把手帕借给他，他还是没停止哭泣。他接过手帕，继续不停擦眼泪；手帕湿得不能再用时，他就双手拧干了继续用。不一会儿，露西就站在一摊湿地上。

"图姆纳斯先生！"露西对着他的耳朵大喊，用力摇晃他，"不要哭了，马上停下来！你都这么大的人羊了还哭，你应该感到羞愧。你到底在哭什么？"

"呜——呜——呜！"图姆纳斯先生啜泣着说，"我哭，是因为我真是一个坏人羊。"

"我一点也不觉得你是坏人羊，"露西说，"我认为你是个非常好的人羊。你是我见过最好的人羊。"

"呜——呜，你要是知道真相的话，就不会这么说了。"图姆纳斯边抽泣边说，"不，我是个坏人羊。我猜，从开天辟地以来，就没有比我更坏的人羊了。"

"那你到底做了什么坏事？"露西问。

"我的老父亲，"人羊说，"壁炉台上那幅画上的就是他。

他绝对不会做出这种事的。"

"什么事呀?"露西说。

"就是我刚才做的事。"人羊说,"为白女巫效力。那就是真正的我。被白女巫收买的手下。"

"白女巫?她是谁?"

"哎,就是她把整个纳尼亚捏在手心里。是她让这里一直是冬天。总是冬天,却永远没有圣诞节;你想想那有多惨!"

"太惨了!"露西说,"但是她收买**你**做什么呢?"

"这就是最坏的地方。"图姆纳斯先生深深呻吟了一声,说,"我为她诱拐小孩。这就是我。看着我,夏娃之女。你能相信我是这样的人羊吗?我在树林里遇到一个可怜又无辜的小孩,一个从来没伤害过我的小孩,就假装跟她交朋友,请她来我的洞里,只是为了哄她睡着,然后把她交给白女巫。"

"不相信,"露西说,"我确定你不会做那种事。"

"但是我做了。"人羊说。

"哎呀,"露西非常缓慢地说(因为她想说出自己真实的想法,又不想对他太严厉),"唉,那真是蛮坏的。但是你为这件事这么难过,我相信你再也不会这样做了。"

"夏娃之女,你还不明白吗?"人羊说,"这不是我**过去**做的事。是现在,我正在做这件事。"

"你这话是什么意思?"露西大叫,脸色瞬间变白了。

"你就是那个孩子。"图姆纳斯说,"白女巫命令我,如果在森林中见到亚当之子或夏娃之女,就得抓住他们,交给她。

而你是我遇见的第一位夏娃之女。我假装跟你交朋友，邀请你喝茶，我从头到尾都在盘算等你睡着之后，去向**她**报告。"

"噢，但是你不会这么做的，图姆纳斯先生。"露西说，"你不会去报告的，对吧？对，你真的不可以这么做。"

"但是如果我不这么做，"他说着，又开始哭起来，"她肯定会发现的。她会砍掉我的尾巴，锯掉我的羊角，拔掉我的胡子；她会挥舞魔杖，把我漂亮的分趾蹄，变成像可怜的马儿一样的单趾蹄。如果她特别生气的话，她会把我变成石头，我就会成为她可怕的屋子里唯一的人羊石像，直到凯尔帕拉维尔的四个王座都坐上人为止。天知道那要等到什么时候，说不定它永远不会发生。"

"真对不起，图姆纳斯先生。"露西说，"但是请你让我回家吧。"

"我当然会让你回家。"人羊说，"当然，我必须这么做。我终于明白了。遇见你之前，我不知道人类是什么样子。现在我认识了你，当然不能把你交给女巫。不过我们必须马上离开。我送你回路灯柱那儿。我想你能找到回'空方坚'和'伊储'的路吧？"

"我肯定能找到。"露西说。

"我们走的时候必须尽量安静。"图姆纳斯先生说，"整座森林里到处都是**她**的奸细。甚至有些树都投靠了她。"

他们起身，连茶具都还留在桌上没收。图姆纳斯先生再次撑开伞，让露西挽着他的手臂，两人一同走进雪地里。回程一点儿都不像来的时候，他们用最快的速度悄悄前进，一句话也没说，图姆纳斯先生专挑最暗的地方走。当他们终于到达路灯柱时，露西大松一口气。

"夏娃之女，你知道从这儿回去的路吧？"图姆纳斯说。

露西透过林木专注地往前看，隐约能看到远处有一小片光，像是日光。"知道，"她说，"我可以看见衣橱的门。"

"那你赶快回家吧，"人羊说，"还有，你——你能原谅我差点要做的坏事吗？"

"哎，我当然愿意，"露西衷心地与他握握手，说，"我真心希望你不会因为我的事而卷入可怕的麻烦。"

"再见了，夏娃之女。"他说，"我可以留下这块手帕吗？"

"当然啦！"露西说道，然后朝着远处那片日光拔脚狂奔。不一会儿，她就感觉身边擦过她的不再是刮人的粗树枝，而是大衣，脚下踩的也不再是嘎吱嘎吱作响的雪，而是木板。突然间，她发现自己已经跳出了衣橱，回到了她展开整个历险之前的那个空房间。她紧紧关上衣橱的门，环顾四周，拼命大口喘气。这边的天还在下雨，她能听见其他人在走廊里讲话的声音。

"我在这里！"她喊道，"我在这里。我平安无事地回来了。"

第三章

爱德蒙和魔衣橱

露西跑出空房间，在走廊里找到其他三人。

"我没事，"她再次重复说，"我回来了。"

"你到底在说什么，露西？"苏珊问。

"哎？"露西惊讶地说，"难道你们没奇怪我到哪里去了吗？"

"所以你刚才躲起来了，是吗？"彼得说，"可怜的露露，自己躲起来了却没人注意到！如果你想要大家开始找你，你就得躲久一点儿啊。"

"但是我已经离开好几个小时了啊。"露西说。

其他人面面相觑。

"古怪！"爱德蒙点着头说，"真是太古怪了。"

"你这话是什么意思，露露？"彼得问。

"我是说，"露西回答道，"我走进衣橱的时候，才刚吃完早饭没多久，而我离开了好几个小时，吃了下午茶，还发生了各种怪事。"

"别闹了，露西，"苏珊说，"我们才刚刚从那个空房间里出来，你也只在里面待了一会儿。"

"她一点也没胡闹，"彼得说，"她只是在编故事玩，对不对，露露？编故事玩没什么不对。"

"不是的，彼得，我不是在编故事。"露西说，"那是——那是个魔法衣橱。它里面有个森林，下着雪，还有人羊、女巫，那里叫作纳尼亚，都来看看吧。"

其他人不知道该怎么应对，不过看到露西这么兴奋，就都跟着她回到空房间去。露西冲在大家前面，一把推开衣橱的门，喊道："好啦！你们自己进去看看吧！"

"哎，你这个傻瓜，"苏珊把头伸进衣橱，将皮毛大衣往两边拨开，说，"这就是个普通的衣橱；看！这就到背面木板了。"

于是大家都往里看，将大衣拨到两旁，他们全都看见——露西也看见了——一个完全普通的衣橱。没有森林，也没有雪，只有安着挂钩的衣橱背板。彼得走进去，用指关节敲了几下，确定它是实心的。

"好棒的恶作剧啊，露露，"他走出来说，"我得承认，你真把我们骗倒了。我们差点相信你了。"

"可是这真的不是恶作剧，"露西说，"千真万确。刚才完全不是这个样子的。我是说真的。我发誓。"

"好了，露露，"彼得说，"这样就有点过分了。玩笑你已经开过了，是不是该停下来了？"

露西涨红了脸，想说点什么，却又不知该怎么说，结果一下子哇地哭出来。

接下来几天她过得非常糟糕。如果她能不顾事实，强迫自己说整件事是她为了好玩而编出来的故事，那么她随时都能轻易跟其他人和好。但是，露西是个非常诚实的女孩，她知道自己没有错，所以没办法强迫自己那么说。其他人认为她在说谎，而且还是个愚蠢的谎言，这让她非常难过。两个大孩子不是故意让她难过，但是爱德蒙会使坏心眼，这次他确实使坏。他嘲笑和戏弄露西，不停地问她有没有在这整栋房子的其他橱柜里发现新的国家。更糟糕的是，这些日子原本应该会很愉快的。天气晴好，他们从早到晚待在户外，游泳，钓鱼，爬树，躺在石楠丛中发懒。但是露西没法好好地享受这一切。日子就这么过着，直到又一个下雨天来到。

那天，直到下午天气都没有放晴的意思，他们决定玩捉迷藏。由苏珊当"瞎子"来捉，另外三人散开分头躲藏，露西就跑进了摆衣橱的那个空房间。她并不打算躲进衣橱里，因为她知道那只会让其他人又开始谈论那件不愉快的事。不过她确实想再看一眼衣橱的内部，现在她自己都开始怀疑纳尼亚和人羊会不会是一场梦。这栋房子那么大、那么复杂，充满了可以躲藏的地方，她认为自己有时间先看一眼衣橱，再躲到别的地方去。但是，她刚来到衣橱前，就听到外面走廊上有脚步声，她别无选择，只能跳进衣橱，抓着把手将门掩上。她没有把门关紧，她知道无论这是不是个魔衣橱，把自己关在衣橱里都是很蠢的。

原来，她听见的脚步声是爱德蒙的，他走进房间的时候，正好瞥见露西消失在衣橱里。他马上决定自己也跟进去——不是因为这衣橱有多适合躲藏，而是他想继续拿她幻想的王国来嘲笑她。他打开了门。衣橱里一如既往挂着大衣，散发着樟脑丸的气味，黑漆漆静悄悄的，没有露西的影子。"她以为我是苏珊，是来抓她的，"爱德蒙自言自语道，"所以她很安静地躲在最里面。"他跳进去并关上了门，忘了这么做有多愚蠢。然后他开始在黑暗中摸索找寻露西。他以为只要几秒钟就能找到她，结果却没找到，这让他大吃一惊。他决定再把门打开，透点光进来。但是他连门也找不到了。他一点也不喜欢这种情况，开始四下胡乱摸索，甚至大声喊起来："露西！露露！你在哪儿？我知道你在这里面！"

没有回应，爱德蒙发现自己的声音听起来很奇怪——不像在橱柜里说话，倒像在空旷野地里。他还觉得自己冷得不得了，接着，他看见一道光亮。

"谢天谢地，"爱德蒙说，"门一定是自己晃开了。"他完全忘了露西，径自朝他以为是衣橱门的那道光走去。不料，他发现自己没有走回空房间，而是从一片浓密黑暗的杉树林中出来，到了一片林间空地上。

他脚下是松脆的积雪，树枝上也堆着厚厚的雪。头顶的天空是灰蓝色的，就像晴朗的冬日早晨所能见到的那种天色。在他的正前方，穿过树干间的空隙，他看见一轮明亮的红日正在冉冉升起。万籁俱寂，仿佛他是这个国度中唯一的生灵。林间连一只知更鸟或松鼠都没有，放眼望去，四面八方全是绵延无尽的树林。他不禁打了个寒战。

他这会儿想起来了，他是来找露西的，也想起之前他因为她的"幻想国"而如何恶劣对待过她。现在，结果证明她说的全是真的。他想，露西一定就在附近，于是大喊："露西！露西！我是爱德蒙——我也来了。"

没有回应。

"她在为我之前说的话生气呢。"爱德蒙想。他不愿意承认自己错了，但是他也不大愿意独自待在这陌生、寒冷又寂静的地方。于是他再次大喊：

"喂，露露！对不起，我之前不相信你。现在我知道了，你一直都是对的。出来吧。我们和好吧。"

仍然没有回应。

"真是小姐脾气，"爱德蒙自言自语道，"躲起来生闷气，还不接受道歉。"他再次环顾四周，确定自己不太喜欢这个地方。就在他下决心要回家的时候，他听见树林里很远的地方，传来了铃铛的叮当声。他专心听着，那声音越来越近，最后，一架由两只驯鹿拉着的雪橇闯入眼帘。

驯鹿的个头跟设得兰群岛的矮种马差不多大小，毛色极白，甚至比雪还白；它们分叉的角上镀了金，在朝阳照耀下灿烂得如燃烧的火焰。它们的笼套用猩红色的皮革制成，上面挂满了铃铛。坐在雪橇上驾驭驯鹿的是个胖胖的矮人，他要是站起来的话，估计有三英尺高。他身上穿着北极熊的毛皮大衣，头上戴着一顶红兜帽，帽尖上垂着长长的金穗子；他浓密的大胡子垂到了膝盖，正好可以当成一条大毛毯来用。在他后方，雪橇中央一个高得多的座位上，坐着一个与众不同的人——一位身材高大的贵妇，比爱德蒙见过的任何女人都高。她也穿着裹到颈子的雪白皮袄，右手握着一根又长又直的金色权杖，头上戴着一顶金色的王冠。她的脸很白——不只是苍白，而是像白雪、白纸，或白糖霜那样白，只有嘴唇是鲜红的。从各方面来说，这都是一张美丽的脸，但是骄傲、冷酷又严厉。

雪橇朝爱德蒙疾驰而来时，两侧白雪四溅，铃铛叮当作响，矮人噼啪地甩着鞭子，这景象十分好看。

"停！"女士说，矮人急拉缰绳，由于施力太猛，驯鹿差点被扯得一屁股坐在地上。随后它们恢复过来，站在那儿一边咬着嚼子一边喘气。在冰冷的空气中，它们从鼻孔里喷出的热气像一股股的白烟。

"说，你，究竟是什么？"贵妇紧盯着爱德蒙说。

"我是——我是——我名叫爱德蒙。"爱德蒙笨拙地说。他不喜欢她盯着自己的样子。

贵妇皱起眉头。"你就用这种态度跟女王讲话吗？"她问道，看起来更严厉了。

"请您原谅，陛下，我不知道您是女王。"爱德蒙说。

"你竟不认识纳尼亚的女王？"她吼道，"哈！从今以后你会好好地认识我们。不过，我再问一遍——你是什么？"

　　"对不起，陛下，"爱德蒙说，"我不明白你的意思。我还是学生——至少之前是学生。现在学校放暑假。"

第四章

土耳其软糖

　　"但是你**到底是**什么？"女王又说了一次，"你是个剪掉胡子，长得特别高的矮人吗？"

　　"不是，陛下，"爱德蒙说，"我从来没长过胡子，我还是个男孩。"

　　"一个男孩！"她说，"你的意思是，你是个亚当之子？"

　　爱德蒙呆站着，什么也没说。这次他彻底糊涂了，完全不明白她的话是什么意思。

　　"无论你是什么东西，我都看得出来，你是个白痴。"女王说，"回答我的问题，我快要没耐性了，我问最后一次，你是人类吗？"

　　"是的，陛下。"爱德蒙说。

　　"那么，你是怎么进到我的领土里来的？"

　　"对不起，陛下，我是穿过一个衣橱进来的。"

"衣橱？你这话是什么意思？"

"我——我打开一扇门，然后就发现自己到了这里，陛下。"爱德蒙说。

"哈！"女王接下来像是在自言自语，而不是对他说话，"一扇门。一扇人类世界通到这里的门！我听过这类的事。这可能会毁了一切。不过，他只有一个人，而且看来很好对付。"她边说着，边从座位上站起来，死盯着爱德蒙的脸，目露凶光，同时举起了她的魔杖。爱德蒙很确定她将对自己做出很可怕的事，但他却无法动弹。接着，就在他觉得自己必死无疑的时候，她突然改变了主意。

"我可怜的孩子，"她以一种全然不同的声调说，"看你都冷成什么样子了！快到雪橇上来，跟我坐在一块儿，我可以用斗篷裹住你，然后我们好好谈谈。"

爱德蒙一点也不喜欢这种安排，但是不敢违抗。他上了雪橇，在她脚边坐下，她拉起自己毛皮斗篷的一角裹住他，将他裹得严严实实的。

"要不要喝点热的东西？"女王说，"你喜欢热饮吗？"

"喜欢，谢谢陛下。"爱德蒙说，他冷得牙齿打战。

女王从怀里掏出一个看起来像铜做的，很小的瓶子。然后，她伸长手臂，将瓶子里的东西往雪橇旁的雪地上倒了一滴。那滴东西尚在半空中时，爱德蒙瞥见它闪亮如一颗钻石。但是它一碰到雪，只听嘶的一声，雪地上登时出现一个镶嵌着宝石的杯子，里面装满了热气腾腾的饮料。那个矮人立刻捧起杯子，微笑着鞠躬递给爱德蒙，那笑容显得不怀好意。爱德蒙啜着热饮，感觉好多了。他过去从未尝过这种饮料，非常甜，泡沫很多，奶味很浓，让他整个人从头一路暖到了脚趾。

女王过了一会儿说："只喝饮料没有点心，挺单调的。亚当之子，你最喜欢吃什么呢？"

"谢谢陛下，我最喜欢土耳其软糖。"爱德蒙说。

女王又举起瓶子朝雪地上倒了一滴，雪地上立刻出现一个绑着绿缎带的圆盒子，打开盒盖，里面装着好几磅最好的土耳其软糖。每一块软糖都香甜柔软到了核心，爱德蒙从来没吃过比这更美味的东西。现在，他感觉全身暖和，非常舒服。

当他在吃糖的时候，女王一直不停地问他问题。一开始，爱德蒙还努力记着满嘴东西时讲话是不礼貌的，但没多久他就全忘了，心里只想着把越多的土耳其软糖塞进嘴里越好，并且，他越吃越想吃，根本没去想女王为什么如此追根究底。她从他嘴里问出他有一个哥哥和两个姐妹，而他妹妹已经来过纳尼亚并遇见一个人羊，除了他们兄弟姐妹四人，没有人知道纳尼亚王国。她似乎对他们一共有四个人这点特别感兴趣，不停地来来回回问这件事。"你确定你们正好是四个人？"她问，"不多不少刚好是两个亚当之子两个夏娃之女？"塞了满嘴土耳其软糖的爱德蒙不停地说："对，我已经告诉过你了。"并且完全忘了要称呼她"陛下"，不过她这会儿似乎不介意了。

终于，爱德蒙把所有土耳其软糖都吃完了，但他依旧死命盯着那个空盒子，希望她能问自己是不是还想再要一些。女王可能很清楚他在想什么，虽然爱德蒙不知道，她却明白这是带有魔法的土耳其软糖，任何人只要吃上一口，就会越吃越想吃，如果可以，他们甚至会一直吃到把自己撑死为止。但是她没有再给他糖，而是对他说："亚当之子，我很想见见你哥哥和你两个姐妹。你带他们来见我好吗？"

"我试试看。"爱德蒙说，依旧死盯着那个空盒子。

"如果你再来——当然是带着他们一起来——我就能给你更多的土耳其软糖。我现在没办法给你，因为魔法只能变一次。但是在我自己家里的话，情况就不一样了。"

"那我们为什么不现在就去你家？"爱德蒙说。当他刚踏上雪橇的时候，他还害怕女王会带他去到某个不知名的地方，让他找不到路回家，但他现在已经完全忘记害怕了。

"我家是个很漂亮的地方，"女王说，"我相信你会喜欢它。那里有好几个房间都堆满了土耳其软糖，而且，我没有小孩。我要找个好男孩，把他当作王子抚养长大，等我去世之后，他就是纳尼亚的国王。在他当王子的时候，他会戴着金王冠，整天吃着土耳其软糖。你是我遇见最聪明也最帅气的小伙儿。我想，等哪天你带着另外三个人来看我的时候，我会很乐意立你做王子的。"

"为什么不是现在？"爱德蒙说。他这会儿的模样不但满脸涨得通红，嘴巴和双手还黏糊糊的。无论女王怎么夸，他看起来都既不聪明又不帅气。

"噢，如果我现在带你回去，"她说，"我就见不到你的兄弟姐妹啦。我很想认识你迷人的手足亲人。你即将成为王子——将来还要成为国王，这点你已经明白了。但是你必须有大臣和贵族。我会封你哥哥做公爵，封你的姐妹做女公爵。"

"**他们**没什么了不起的地方，"爱德蒙说，"再说，反正我随便什么时候都能带他们来啊。"

"啊，但是你一旦到了我家，"女王说，"你可能就会把他们全都忘了。你会一心只顾着吃喝玩乐，再也不会想去接他们过来了。不，你必须现在回你自己的国家去，改天再来找我，**带着他们一起来**。没带他们一起来可不行，你明白吧。"

"但是，"爱德蒙辩说，"我连回去的路都不知道。"

"那好办。"女王回答，"你看到那个路灯了吗？"她举起魔杖指了指，爱德蒙转过头，看见了露西遇到人羊的那根路灯柱。"越过那里，往前直走的路就通往人类的世界。现在，往另一边看——"她指向相反的方向说，"告诉我，从树林上方望过去，你有没有看见两座耸立的小山丘？"

"我想我看见了。"爱德蒙说。

"嗯，我家就在那两座山丘之间。所以，下次你来，你只要找到路灯柱，再找到那两座山丘，然后穿过树林一直走，就可以到达我家了。但是，记住——你必须带着其他人一起来。如果你是自己一个人来，我会很生气的。"

"我尽力而为。"爱德蒙说。

"还有，顺便说一句，"女王说，"你不用跟他们提到我。把这件事当作你我之间的小秘密才好玩，对吧？给他们一个惊喜。把他们带到那两座小山丘去——一个像你这么聪明的男孩子，会很容易就想到一些借口把他们带过来的——当你到达我家，你只要说'我们来看看是谁住在这里'或类似的话就行了。我相信这是最好的办法。如果你妹妹见过一个人羊，她可能已经听过一些关于我的奇怪故事——很糟糕的故事，那可能会让她害怕来见我。你知道，人羊老爱造谣胡说，现在——"

"拜托，求求你，"爱德蒙突然开口说，"求你再给我一块土耳其软糖，让我在回去的路上吃，好不好？"

"不行，不行，"女王大笑说，"你必须等到下次才有。"她边说边朝矮人示意该往前走了，当雪橇疾驰而去，就快看不见时，女王朝爱德蒙挥挥手，大声喊道："下次！下次！别忘了。早点过来。"

爱德蒙仍站在那里瞪着走远的雪橇发愣时，突然听见有人喊他的名字，他转过身来，看见露西从树林的另一边朝他走来。

"噢，爱德蒙！"她叫道，"你也进来了！很奇妙对吧，现在——"

"好吧，"爱德蒙说，"现在我知道你说的没错，那真的是一个魔衣橱。你要是高兴的话，我跟你道歉。不过，你刚才到底跑哪里去了？我到处在找你。"

"我要是知道你也会进来，我一定会等你的。"露西说，她太快乐太兴奋，完全没有注意到爱德蒙说话时那恶狠狠的口气，以及他涨红的脸上神情有多么奇怪。"我刚才去和亲爱的人羊，图姆纳斯先生吃了一顿午饭，他完全平安无事，白女巫没有因为他放我走而惩罚他，他认为她没发现这件事，也许这就没事了，我们不用再担心了。"

"白女巫？"爱德蒙说，"她是谁？"

"她是个非常可怕的人。"露西说，"她自称为纳尼亚女王，但是她根本就没有资格当女王，所有的人羊、森林精灵、水中精灵、矮人和动物——至少所有善良的一方——全都痛恨她。她能把人变成石头，还会做所有一切恐怖的事。她施展了一种魔法，使得纳尼亚永远是冬天——永远都是冬天，但是从来没有圣诞节。她戴着王冠，手握魔杖，坐着一辆驯鹿拉的雪橇，四处巡逻。"

爱德蒙本来就因为吃了太多糖果感觉不舒服，等他听到刚才跟自己交朋友的那位贵妇是个危险的女巫时，他就更不舒服了。但是，他想再一次吃到土耳其软糖的念头，仍然胜过一切。

"所有这些白女巫的事是谁告诉你的？"他问。

"人羊图姆纳斯先生。"露西说。

"人羊说的话哪能信啊。"爱德蒙说，并尽量让自己听起来显得很懂人羊，起码比露西懂得多。

"这话是谁说的？"露西问。

"大家都知道啊，"爱德蒙说，"随便你去问谁都行。我们回家吧，站在雪地里受冻一点也不好玩。"

"好，我们回去吧。"露西说，"噢，爱德蒙，我**真**高兴你也进来了。现在我们两个都来过这里，其他人就会相信纳尼亚真的存在了，那会多好玩啊！"

但是，爱德蒙心里暗暗想着，这对自己可不会像对露西那么好玩。他得当着众人的面承认露西之前说的都是真的，他很确定，其他人都会站在人羊和动物那一边，可是他已经偏向站在女巫这边了。他不知道一旦大家都谈起纳尼亚时，他会怎么说，或他该怎么守住自己的秘密。

这时他们已经走了好长一段路了。接着，他们突然感觉周围碰触到的不是树枝，而是大衣，下一刻，他们已经站在衣橱门外的空房间里了。

"哎呀，"露西说，"爱德蒙，你的脸色好难看啊。你没不舒服吧？"

"我没事。"爱德蒙说，但那不是实话，他感觉好想吐。

"那走吧，"露西说，"我们去找他们。我们有好多事可以告诉他们！这下我们大家一起去，会有多少奇妙的冒险啊。"

—•••◦•— 第五章 —•◦•••—

回到门的这一边

　　因为捉迷藏的游戏仍在进行，爱德蒙和露西花了好些时间才找到其他人。当大家终于聚在一起（在那个放了一副盔甲的狭长房间里），露西冲口而出说：

　　"彼得！苏珊！那都是真的。爱德蒙也看到了。真的有一个王国，你只要穿过衣橱就可以到达。爱德蒙和我都去过了。我们在那边的树林里碰见彼此。说啊，爱德蒙，把所有的事都告诉他们。"

　　"这到底是怎么回事，爱德？"彼得说。

　　现在，我们来到这故事中最卑鄙、最令人不快的部分了。直到目前为止，爱德蒙一直还没决定该怎么办，他还在恶心想吐、生闷气，为"露西是对的"这件事大感恼火。但是彼得突然问他这个问题，他顿时决定做一件自己所能想到最卑鄙也最恶劣的事。他决定让露西丢脸下不了台。

"快告诉我们，爱德。"苏珊说。

爱德蒙露出一种优越的神情，仿佛他比露西大得多似的（事实上他们只差一岁），然后又微扯嘴角暗笑了一下，才说："噢，对，露西和我一直在玩游戏——假装所有她说的衣橱里有个王国的故事是真的。当然，这只是好玩啦。那里面其实什么也没有。"

可怜的露西，她狠狠瞪了爱德蒙一眼，冲出了房间。

正在不断变得越来越恶劣的爱德蒙，以为自己大获全胜，立刻接着说："她又来了。她到底有什么毛病？小孩子耍脾气最糟糕不过，他们总是——"

"听着，"彼得转而怒斥他，说，"闭嘴！自从露露说了那个衣橱的各种鬼话之后，你就对她非常恶劣，现在你又跟她跑到衣橱里去玩，再把她气跑。我认为你这么做纯粹是出于恶意。"

爱德蒙吓了一大跳，说："但那本来就是胡说八道啊。"

"那当然是胡说八道。"彼得说，"问题就在这里。我们离开家的时候，露露完全正常，但是从我们到了这里以后，她就变了，要不是脑袋出了问题，就是变成了一个最可怕的骗子。但是不管变成哪一种，你今天嘲笑唠叨她，明天怂恿鼓励她，你这么做对事情能有什么好处？"

"我想——我想——"爱德蒙说，但他实在想不出来要说什么。

"你根本什么也没想过，"彼得说，"你就是恶意欺负人。

你向来喜欢欺负那些比你弱小的孩子，我们之前在学校里就看你这么干过。"

"够了，"苏珊说，"你们两个这样吵对事情也没有帮助。我们一起去找露西吧。"

毫不令人惊讶，他们费了好长时间才找到露西，大家都看得出来她哭过了。无论他们跟她说什么，都没差别。她一口咬定自己说的是真的，并且说：

"我不在乎你们怎么想，也不在乎你们怎么讲我。你们可以去告诉教授，或写信告诉妈妈，随便你要干什么都行。我知道我在那边碰到一个人羊，而且——我真希望自己能待在那边再也不要回来，你们都是坏蛋，坏蛋！"

那天晚上的气氛很糟糕。露西心里很难受，爱德蒙开始觉得自己的计划并不如预期中有效。两个大的孩子真的开始思考露西是不是疯了。他们等露西睡下很久之后，还站在走廊上低声讨论这件事。

讨论结果是，他们决定第二天早上去找老教授，把整件事情告诉他。"要是他认为露露真有什么毛病的话，他会写信给爸爸的。"彼得说，"这事不是我们能处理的。"于是，他们去敲了书房的门，老教授说："请进。"并起身给他们找椅子坐，又说他十分乐意为他们效劳。然后，老教授坐下静静听他们讲述，双手指尖互相紧抵着，从头到尾都没打断他们说话，直到他们把整件事情都说完。听完之后，他沉默良久，然后清清喉咙，说了一句他们完全没有想到的话：

"你们怎么知道，你们妹妹说的故事不是真的？"

"噢，可是——"苏珊开口说，但接着又闭上嘴。任何人都看得出来，老先生脸上的神情十分严肃。苏珊让自己镇定下来，说："但是爱德蒙说，他们是假装有那么一回事，只是在玩而已。"

"问题就在这里，"老教授说，"哪个说法值得考虑？非常谨慎地考虑。这样说吧——恕我冒昧问你们这个问题——根据你们的经验，谁的话比较可靠？是你们弟弟还是你们妹妹？我是说，谁比较诚实？"

"教授，这件事怪就怪在这里，"彼得说，"在这之前，我一向认为露西比较诚实。"

"亲爱的，你的看法呢？"老教授问苏珊说。

"这个嘛，"苏珊说，"一般来说，我的看法和彼得一样，但是，衣橱里有座森林还有个人羊——这不可能是真的啊。"

"那我就不敢说了，"老教授说，"不过，指责一个你们向来认为诚实的人说谎，是一件很严重的事。确实是一件非常严重的事。"

"我们担心的还不是说谎，"苏珊说，"我们是怕露西也许精神有问题。"

"你是说她疯了？"老教授十分冷静地说，"噢，这点你们可以很容易就判断出来。你们只要观察她一下，跟她说说话，就知道她没有疯。"

"可是。"苏珊说，接着又闭上嘴。她做梦都没想过，会有大人像老教授这样说话的，她不知道该如何反应。

"逻辑！"老教授半像自言自语地说，"这些学校为什么不教学生逻辑呢？这件事只有三种可能：第一是你们妹妹说了谎，第二是她发了疯，第三是她说了真话。你们知道她向来不说谎，而情况很明显她没有发疯。那么，按照目前的情况来说，除非有更进一步的证据出现，我们必须假设她说的都是真话。"

苏珊双眼紧盯着老教授，从他脸上的表情看来，她很确定老教授不是在跟他们开玩笑。

"但是，教授，那怎么可能是真的？"彼得说。

"你为什么认为不是真的？"老教授问。

"呃，首先，"彼得说，"如果这是真的，为什么不是每个人进到衣橱里去的时候，都可以发现那个王国？我是说，上次我们进去的时候，就什么也没有，就连露西也没假装说有。"

"那跟这件事有什么关系？"老教授问。

"呃，教授，如果事物是真实的，它们会始终都是真实存在的。"

"真的吗？"老教授问，彼得被问得不知道该怎么答话。

"但是时间也不对啊。"苏珊说，"就算真的有那么一个地方吧，露西也没时间跑到那里去啊。我们才一出那个房间，她就跟着追上来了。前后相差不到一分钟，而她却说自己已经离开好几个小时了。"

"就是这一点，让她讲的故事更像是真的。"老教授说，

"如果这栋老房子里真的有一扇门可以通往其他世界（我应该警告你们，这是一栋非常奇怪的房子，连我都对它所知甚少）——如果她进到了另一个世界，而那个世界有它自己的时间在运作，我一点都不会感到惊讶。无论你在那边待多久，都绝不会占用到**我们的**任何一点时间。再说，我不认为像她年纪这么小的孩子，能自己想象出这种时间概念。如果她是假装有那么一件事，她就会先躲上一段合理的时间，然后才出来告诉你们她编的故事。"

"教授，你真的是在说，有可能有别的世界存在？"彼得说，"这里到处都有，转过拐角就能碰到——是这样吗？"

"正是如此。"老教授说，摘下眼镜开始擦拭，同时喃喃自语说，"我真好奇那些学校都**拿些**什么东西来教孩子。"

"那我们该怎么办？"苏珊说。她觉得这场谈话已经离题了。

"我亲爱的小姐，"老教授突然抬起头以非常认真严肃的神情看着他们，说，"有个办法还没有人提议，我认为很值得一试。"

"什么办法？"苏珊问。

"我们都管好自己的事就行了。"他说。他们的谈话到此结束。

在这之后，露西的日子好过多了。彼得会盯住爱德蒙不再嘲笑她，露西或其他人都完全不想再提起那个衣橱的事。它已经变成一个令人烦忧的话题。因此，有一段时间，所有的冒险活动看似都停止了，其实不然。

老教授的这栋房子——就连他自己都所知甚少——实在太古老又太有名了，以至于英国各地经常有人慕名而来，请求获准参观这栋古屋。它是那种旅游指南甚至历史书上都会提到的房子，有名到各种类型的故事都会提到它，有些故事比我现在告诉你的更离奇。每当观光团来到这里要求参观房子，老教授总是欣然同意，管家马葵蒂太太会领他们到屋里各处转转，向他们介绍屋里的画和盔甲，以及图书室里收藏的珍本。马葵蒂太太不喜欢小孩，当她在给访客讲述所有她知道的事物时，也不喜欢被人打断或插嘴。差不多就在孩子们来的第一天早上，她就叮咛苏珊和彼得："请记住，无论何时，我带领观光团参观屋子的时候，你们一定要回避。"（同时还交代了一大堆其他的规矩。）

"就好像我们有谁**愿意**浪费大半个早上，跟在一群陌生的大人后面到处转似的！"爱德蒙说，另外三人也是这么想。而这竟成了第二次冒险的开端。

几天之后，有天早晨彼得和爱德蒙正看着那副盔甲出神，想着能不能把它一块一块拆开的时候，两个女孩突然冲进房间里，说："不好了！马葵蒂太太带着一大帮人过来了。"

"快躲起来。"彼得说。四个人立刻冲向房间另一头的门，从那儿出去。他们经过那个"绿房间"，进到图书室，突然听见前方传来说话的声音，他们这才明白过来，马葵蒂太太肯定是带着那群游客走后楼梯上来——而不是他们以为的走前楼梯过来。明白过来之后——不知道他们是急昏了头，还是马葵蒂太太想抓他们，或是这栋房子里有某种魔法苏醒过来，不停将他们赶往纳尼亚。总之，他们无论走到哪儿，都发现有人在跟着他们，到最后苏珊说："噢，那些游客真是烦死了！来吧——我们去'衣橱室'躲着，等他们走了再说。没有人会跟着我们去那里的。"但是，他们一进到那个房间，就听见走廊上传来说话的声音——然后听见有人在门上摸索——接着看见门把开始转动。

"快！"彼得说，"没别的地方可躲了。"他猛地拉开衣橱的门。他们四个人全挤进去，坐在黑暗里喘息。彼得把衣橱的门拉上，但没关严实，他像每个有理智的人一样，知道绝对、绝对不可以把自己关在衣橱里面。

第六章

进入森林

　　过了一会儿，苏珊说："但愿马葵蒂太太尽快把那些人全带走，我被挤得快不行了。"

　　"这樟脑味真是臭死了！"爱德蒙说。

　　"这些大衣的口袋里应该都塞满了樟脑丸吧，"苏珊说，"这样才能防虫。"

　　"有个东西在戳我的背。"彼得说。

　　"还有，你们觉得冷吗？"苏珊说。

　　"你这么一说，还真有点冷。"彼得说，"真是见鬼了，这里还湿。这地方到底怎么回事？我正坐在湿湿的东西上，而且越来越湿。"他挣扎着站了起来。

　　"我们出去吧。"爱德蒙说，"他们走了。"

　　"噢——噢——噢！"苏珊突然喊道，大家连忙问她怎么了。

　　"我竟然靠着一棵树坐着。"苏珊说，"看！越来越亮了——在那边。"

"我的天，真的有，"彼得说，"看那边——还有那边。到处全都是树。这湿湿的东西是雪。啊，我这下相信我们真的进到露西的森林里来了。"

一点也没错，这会儿四个孩子全站在冬日的天光里不停眨着眼睛。在他们背后，是成排挂在衣架上的大衣，在他们面前，是一片被白雪覆盖的树林。

彼得立刻转身面对露西。

"我要向你道歉，因为我不相信你说的。"他说，"对不起。你愿意跟我握握手吗？"

"当然。"露西说，并跟他握了手。

"现在，"苏珊说，"我们接下来该怎么办？"

"怎么办？"彼得说，"当然是去森林里探险啊。"

"呃嗬！"苏珊跺着脚说，"真是冷啊。我们去拿几件大衣来穿怎么样？"

"那不是我们的衣服。"彼得迟疑地说。

"我相信不会有人介意的，"苏珊说，"别说得好像我们要把大衣带出这栋屋子似的，我们甚至不会把大衣带出衣橱。"

"我竟没想到这一点，苏，"彼得说，"当然，现在你这么一说我就懂了。只要大衣还在你拿它的衣橱里，别人就不能说你偷了大衣。我猜，这整个王国都在衣橱里。"

他们立刻执行了苏珊明智的建议。大衣对他们来说都太大了，穿上之后垂到了脚后跟，看起来更像皇袍而不是大衣。但是现在他们感觉暖和多了，彼此互相打量时，也觉得对方的新装扮更好看，并且与周遭的景致更搭配。

"我们可以假装是北极探险家。"露西说。

"我们不用假装就已经够刺激的了。"彼得说，并一马当先朝森林里走去。头顶的天空乌云密布，看来在天黑之前还会下更多雪。

"喂，"不一会儿爱德蒙开口说，"如果我们的目标是路灯柱的话，那我们是不是该偏左一点走才对？"那时他忘了必须假装自己从没来过这片森林。等话一出口，他才意识到自己露出了马脚。大家全停下脚步，瞪着他。彼得吹了一声口哨。

"所以你真的来过这里。"他说，"上次露露说她在这里碰到你——而你却一口咬定她说谎。"

一片死寂。"嗯哼，在所有恶毒的小畜生当中——"彼得说着，耸了耸肩膀，没再多言。事实上，似乎也没什么好说的了。过了一会儿，四个人又继续上路，但是爱德蒙暗暗对自己说："你们这群自大又自鸣得意的假正经，这事我会全数奉还的。"

"我们**到底**要去哪里？"苏珊说，主要是想换个话题。

"我想应该让露露当向导，"彼得说，"老天知道她最有资格啦。露露，你会带我们去哪里？"

"去找图姆纳斯先生怎么样？"露西说，"他就是我跟你们说过的，那个友善的人羊。"

大家都赞成这项提议，于是出发。大家轻快地踏着雪地往前走。露西确实是个好向导。起初，她还担心自己能不能找到路，不过她随后在一个地方认出一棵形状古怪的树，又在另一个地方认出一段树桩，然后就把大家带到了那片地势崎岖之处，进到了小山谷，最后来到了图姆纳斯先生的山洞门口。但是，等着他们的是一幅惊人的可怕景象。

大门被硬扯离了固定的铰链，砸在地上成了碎片。洞穴里黑暗阴冷，感觉很潮湿，还有一股怪味，看上去这地方已经有好些日子没住人了。雪花从敞开的门洞飘进来，堆积在地上，雪里还混杂着黑黑的东西，仔细一看，原来是烧得焦黑的木柴和灰烬。这显然是有人把壁炉里的柴拿出来扔得满屋都是，然后再把火踩熄。地上到处是打碎了的碗盘，人羊父亲的画像已经被刀子割成了碎片。

"这里破坏得真彻底，"爱德蒙说，"到这里来没什么好玩的啊。"

"这是什么？"彼得说着，俯下身去。他刚注意到地毯上钉着一张纸。

"上面写了字吗？"苏珊问。

"是的，我想上面写了字。"彼得说，"但是这里太暗了，我看不清楚。我们到外面去吧。"

他们出了山洞，在天光下围挤在彼得旁边，他朗读出纸上写的字：

本住宅的原主人，人羊图姆纳斯，因反对纳尼亚的女王、凯尔帕拉维尔城堡的女堡主、孤独群岛等地的女王贾迪丝陛下，又招待女王陛下的敌人、窝藏奸细、与人类为友，因此被控严重的叛国罪，现在已经被捕，等候审判。

秘密警察队长毛格林姆

女王陛下万岁！

四个孩子面面相觑。

"我觉得我不会喜欢这个地方。"苏珊说。

"露露，这个女王是谁？"彼得说，"你知道她的事吗？"

"她才不是什么真正的女王，"露西回答，"她是个可怕的女巫，他们叫她'白女巫'。森林里所有的居民都恨她。她对整个王国施了魔法，因此这里永远是冬天，却从来不会有圣诞节。"

"我——我不知道再往前走有什么意义。"苏珊说，"我是说，这里似乎不是那么安全，看起来也不是那么好玩。而且，越来越冷，我们又没带吃的东西。我们回家去好不好？"

露西突然说："噢，可是，我们不能这样，不能回家去。你们难道不明白吗？在这种情况下，我们不能撒手不管回家去。可怜的人羊会惹上这么大的麻烦，都是因为我。他把我藏起来不被女巫发现，又护送我指点我回家的路。什么招待女王陛下的敌人、窝藏奸细、与人类为友，指的就是这件事。我们应该要想办法救他才行。"

"**我们**该做的事可多了！"爱德蒙说，"尤其我们连吃的东西都没有的时候！"

"你给我闭嘴！"彼得说，他对爱德蒙依旧很生气，"你有什么看法，苏珊？"

"恐怕露露说得对。"苏珊说，"我连一步都不想再往前走，并且希望我们从来没来过这里。但是我想，我们必须设法为那位什么先生——就是那个叫什么名字的人羊——做点事。"

"我也这么觉得。"彼得说，"可是我担心我们没有吃的。我赞成我们先回去，到食品储藏室拿点吃的东西再过来。只是，一旦我们出去，就可能再也回不到这个王国来了。所以，我们还是往前走吧。"

"我也这么想。"两个女孩说。

"要是我们知道那个可怜的家伙被关在哪里就好了！"彼得说。

就在他们还在思索下一步该怎么办时，露西突然说："你们看！那里有一只知更鸟，胸口羽毛好红啊。这是我第一次在这里看见鸟。咦——我好奇纳尼亚的鸟儿会不会说话啊？它看起来好像有什么事要告诉我们。"接着，她便转向知更鸟说："请问，你能不能告诉我们，人羊图姆纳斯被带到哪里去了？"她边说边朝那只鸟走过去。它立刻振翅飞开，但只飞到下一棵树就停下来，站在树上目不转睛地盯着他们，仿佛听得懂他们所说的每一句话。四个孩子不自觉地又朝它往前走了一两步。见此，知更鸟又飞到下一棵树上，再次紧盯着他们。（你绝对没见过胸前羽毛如此红艳、眼睛如此明亮的知更鸟。）

"你们看出来了吗？"露西说，"我真的相信，它有意要我们跟它走。"

"我也觉得它是这个意思。"苏珊说，"彼得，你觉得呢？"

"嗯，我们可以试试看。"彼得回答。

那只知更鸟显然明白这一切。它不停从一棵树飞到另一棵树，总是在他们前面几码远，保持着让他们可以轻易跟上的距离。就这样，它领着他们往稍微下坡的方向走。每当知更鸟在树枝上起落，便会有一小堆雪从树枝上洒落下来。不久之后，头顶的乌云散开，冬阳露出脸来，他们周围的雪亮得刺眼。他们就这样走了大约半个钟头，爱德蒙趁两个女孩走在前头时，对彼得说："如果你不想摆臭架子了，不妨跟我说话，我有话要说，你也最好听听。"

"你要说什么？"彼得问。

"嘘！小声点。"爱德蒙说，"别惊动她们两个。你明白我们现在在干吗？"

"什么意思？"彼得压低声音悄悄问。

"我们根本不知道这个向导的底细，就一直跟着走。我们怎么知道那只鸟是站在哪一边的？它难道不会把我们领到陷阱里去？"

"这种想法很下流。你知道，那是一只知更鸟。在我看过的所有故事里，知更鸟都是好人。我相信知更鸟不会站在坏人那一边。"

"既然说到好坏，那么，哪一边**是**好人？我们怎么知道人羊是好人？而女王（对，我知道有人说她是女巫）是坏人？我们对两边的情况根本一无所知。"

"人羊救了露西。"

"那是**他自己说的**。可是我们怎么知道是真是假。还有另一件事。有人知道从这里回家的路吗？"

"我的天！"彼得说，"我没想到这一点。"

"而且别指望吃到晚餐了。"爱德蒙说。

第七章

与海狸夫妇共度的一天

两个男孩在后面说悄悄话的时候,两个女孩忽然"啊!"地喊了一声,停了下来。

"知更鸟!"露西喊道,"那只知更鸟,它飞走了。"确实——它飞得不见了。

"现在我们该怎么办?"爱德蒙说着,看了彼得一眼,好像在说"我跟你说什么来着"。

"嘘!看!"苏珊说。

"什么?"彼得说。

"左边树林里,有什么东西在动。"他们全都睁大眼睛紧盯着,心里都感到忐忑不安。

"又来了。"过了一会儿,苏珊又说。

"这次我也看到了。"彼得说,"它还在那儿。它躲到了那棵大树后面。"

"它是什么呀?"露西说,努力让自己听起来不那么紧张。

"不管它是什么,"彼得说,"它都在躲着我们。它不想被人看见。"

"我们回家吧。"苏珊说。接着,虽然没有人说出口,但大家都突然领悟到一件事,就是上一章结尾爱德蒙悄悄跟彼得说的,他们迷路了。

"它长什么样子?"露西说。

"它是——它是一种动物。"苏珊说,接着她又喊,"看!看!快看!它在那儿。"

这次他们都看见了,一张毛茸茸的、长着胡须的脸从一棵树后头探出来看着他们。不过这次它没有立刻缩回去。相反地,这动物把爪子放在嘴上,就像人类把手指放在嘴唇上示意别人安静一样。然后它又消失了。孩子们都站在原地屏住了呼吸。

过了一会儿,那只陌生动物从树后头走出来,往四周环视了一圈,仿佛害怕有人在监视似的,它接着"嘘"了一声,打手势让他们过到它那边比较密的树林里,接着它又消失了。

"我知道它是什么了,"彼得说,"它是一只海狸。我看见它的尾巴了。"

"它要我们过去它那里,"苏珊说,"它还提醒我们不要出声。"

"我知道,"彼得说,"问题是,我们要过去它那里吗?你觉得呢,露露?"

"我觉得它是一只好海狸。"露西说。

"是啊，但是我们怎么知道？"爱德蒙说。

"我们必须得冒这个险吧？"苏珊说，"我的意思是，干站在这儿也没用，而且我觉得肚子饿了。"

就在这时，海狸再次从树后面冒出头来，认真又诚恳地招手要他们过去。

"来吧，"彼得说，"我们试试吧。大家靠紧一点。如果它是敌人的话，我们应该也能打得过一只海狸。"

于是，孩子们紧贴在一块，走到树前又绕到树后面，海狸果然在那里。但他还在往后退，并用沙哑刺耳的声音小声对他们说："再过来一点，再过来一点。到这儿来。我们在空旷的地方不安全！"一直等到它把他们领到一个幽暗的地方，那里有四棵大树紧挨在一起生长，枝干交错相连成荫，连雪都落不下来，因此可以看到脚下褐色的土壤和松针，他才开始跟他们说话。

"你们是亚当之子和夏娃之女吗？"他说。

"我们只是其中的几个。"彼得说。

"嘘——！"海狸说，"拜托别这么大声。我们即使在这里也不安全。"

"为什么，你在怕谁？"彼得说，"这里除了我们，没有别人。"

"这里有树，"海狸说，"它们总是在听。它们绝大多数站在我们这边，但是有些树会把我们出卖给**她**，你知道我指的是谁。"说着他点了好几下头。

"说到站哪一边，"爱德蒙说，"我们怎么知道你是属于朋友这一边？"

"我们不想无礼，海狸先生，"彼得补充说，"但是你瞧，我们是外地来的人。"

"说得对，说得对，"海狸说，"这是我的信物。"说着他把一小块白色的东西递到他们面前。他们很吃惊地看着那东西，然后露西突然说："噢，没错。这是我的手帕——我送给可怜的图姆纳斯先生的那块手帕。"

"没错，"海狸说，"可怜的家伙，他在被捕之前听到了风声，就把这个交给了我。他说如果他出了事，我就必须在这儿跟你们碰面，并带你们去——"说到这里，海狸的声音低到听不见了，他非常神秘地点了一两下头。然后，他示意孩子们尽量靠过来围在他周围，近到他们的脸都被他的胡须搔得发痒，他才低声补充说：

"他们说阿斯兰开始行动了——说不定已经到达了。"

顿时，一件非同寻常的事发生了。四个孩子和你一样，都不知道阿斯兰是谁，但是在海狸说出这句话的那一刻，每个人都生出一种十分异样的感觉。也许，有时候你做梦时会有这样的感觉，有人说了一件你完全不懂的事，但在那个梦里，你感觉这事好像具有极大的意义——要么是可怕的意义，能将整场梦变为噩梦；要么就是美好得无法言喻的意义，能使那场梦变得极其美丽，让你铭记一生，总希望能再回到那个梦里去。这时的感觉就是那样。听到阿斯兰的名字，每个孩子都感觉自己的心猛然一跳。爱德蒙心里涌起一股诡秘的恐惧感。彼得感觉自己忽然有了勇气，想去冒险。苏珊感觉仿佛有一股芳香之气或愉悦的旋律从身边飘过。露西感觉像是一早醒来，发现这是假期的开始或夏天的到来。

"那图姆纳斯先生呢？"露西说，"他在哪里？"

"嘘——"海狸说，"他不在这儿。我必须带你们去一个我们能好好说话跟吃饭的地方。"

现在，除了爱德蒙之外，大家都觉得这只海狸能够信赖，并且每个人（包括爱德蒙在内）都很高兴听到"吃饭"这个词。

于是，他们全跟在这位新朋友后面，急匆匆地往前走，他以惊人的速度带领他们赶路，始终挑林木最密集的地方走，走了一个多小时。就在大家觉得非常疲惫又饿得要死的时候，他们前方的林木突然变得稀疏起来，地势开始变成陡峭的下坡路。一分钟后，他们出了树林来到开阔的天空下（太阳还在天空照耀），并发现自己正俯瞰着一幅美景。

他们正站在一处陡峭、狭长的河谷边缘，谷底流淌着一条大河——若不是冰冻住了，至少应该是奔腾而流的。他们的正下方建有一条跨河的水坝，他们一看到水坝，突然想到海狸是天生的筑坝高手，他们觉得这个水坝一定是这位海狸先生的杰作。他们还注意到，这时他脸上有一种谦逊的表情——就是你在参观某人建造的花园或阅读某人写的故事的时候，对方脸上会有的那种表情。出于最基本的礼貌，苏珊说："多漂亮的水坝呀！"这次海狸先生没有说"嘘"，而是说"只是个小玩意，不值一提！不值一提！其实还没完工呢！"

水坝上方，原本应该是个深水池，可是现在自然也变成了一片墨绿的冰面。水坝下方，远一点的地方，结了更多的冰，但那边不是平滑的冰面，而是奔流的河水在严寒来临的那一刻冻结成冰，就此保留了波浪滚滚水沫飞溅的模样。另外从坝上涓涓溢流或从坝缝中激喷而出的水，现在凝结成了一面闪闪发亮的冰柱墙，仿佛水坝的这一侧满满覆盖着最纯的糖制造的花朵、花环和花彩。在水坝中央差不多顶端的位置，有一栋有趣的小房子，形状像一个巨大的蜂巢，房顶的一个孔洞正冒出缕缕炊烟，因此你一看到它（尤其当你肚子饿的时候），马上会想到有人在做饭，你也会变得比之前更饿。

这就是其中三个孩子注意到的景象，但爱德蒙注意到了别的事。沿大河往下一点的地方，有另一条小河从另一个小山谷流下来，汇入大河。顺着那个小河谷往上望，爱德蒙看见两座小山丘，他几乎可以确定，它们就是那天他在路灯柱跟白女巫道别时，她指给他看的那两座山丘。他想，山丘中间一定就是她的宫殿，距离这里只有一英里左右。他想到了土耳其软糖，想到当国王（"我真想知道彼得会有什么反应？"他心里想着），脑海中浮现了一些可怕的念头。

"我们到了，"海狸先生说，"看来海狸太太正在等我们呢。我来带路。但是你们小心别滑倒了。"

水坝顶上很宽，足以行走，不过（对人类来说）不太好走，因为上面结满了冰，虽然水坝一侧冻结的池面与坝顶平齐，但另一侧却是陡降到低处的河流。海狸先生领他们成一纵队沿这条路朝水坝中央走，在那儿他们能眺望河流的上下游，远近风光一览无余。他们来到水坝中央，就来到了那栋小房子门前。

　　"我们到了，海狸太太，"海狸先生说，"我找到他们了。亚当之子和夏娃之女来了。"接着他们都走了进去。

　　露西进屋后首先注意到一种咔嗒咔嗒的声音，然后一眼看见一位慈祥的海狸老太太，她坐在角落里，嘴里含着一根线，正忙着踩踏缝纫机，那个响声就是缝纫机发出的。孩子们一进屋，她就停下手里的工作站了起来。

　　"你们可终于来了！"她伸出两只满是皱纹的老手爪说，"终于来了！真想不到我居然活着见到了这一天！土豆煮熟了，水壶也在响了，我说，海狸先生，你会给我们弄点儿鱼来吧。"

　　"好的。"海狸先生说，接着走出房子（彼得也跟了出去）。他们带了一个桶子，穿过结冰的深水池，来到他在冰上凿出的一个小洞前，他每天都会过来用小斧子清一下，以免洞口又封冻起来。海狸先生静悄悄地坐在洞口边上（他似乎不在意冰面寒冷），目不转睛盯着洞内看。突然，他的手爪猛一探，眨眼之间捞上一条肥美的鲑鱼来。接着他又重复捞了几次，直到他们捕获一满桶的鱼。

与此同时，女孩们在帮海狸太太装满水壶，摆好桌子，切面包，将盘子放进烤炉里加热，从房子角落的酒桶里接一大扎啤酒给海狸先生，又架好煎锅，把油烧热。露西觉得海狸夫妇有一个十分温馨的小家，尽管它和图姆纳斯先生的山洞一点儿也不像。这里没有书或画，也没有床，只有像大船上那种嵌在墙上的铺位。另外屋顶垂挂着火腿和串起来的洋葱，靠墙摆放着橡胶靴、油布、小斧子、几把剪刀、铁锹、铲子、运灰泥的工具、钓竿、渔网和麻袋。桌子上铺的桌布虽然很干净，但是质地很粗糙。

　　就在煎锅嘶嘶作响的时候，彼得和海狸先生带着一桶鱼进来了，海狸先生已经在户外用刀把鱼开膛清理干净了。你可以想象，刚抓的鲜鱼煎起来味道有多香，饥饿的孩子们有多渴望它们快点煎好，并在海狸先生说"我们马上就好了"时会如何变得更加饥饿。苏珊沥干了土豆，把它们放回空锅里搁在炉边焙干，露西帮着海狸太太将装盘的鲑鱼放到桌上，于是几分钟后，每个人都拉开凳子坐下（除了海狸太太专用的、摆在炉火前的摇椅，海狸家全是三条腿的凳子），准备开怀大嚼。桌上有一扎香醇的牛奶是给孩子们的（海狸先生坚持喝啤酒），还有一块超大的深黄色黄油摆在中间，大家吃土豆时可以想取多少取多少，所有的孩子都觉得——我也觉得——什么都比不上半小时前还活蹦乱跳、半分钟前才出煎锅的上好的淡水鱼。他们吃完鱼之后，海狸太太又出人意料地从烤炉里端出一个超大、热气腾腾、香浓黏稠的果酱卷，同时她将水壶挪到火炉上，这样他们吃完果酱卷的时候，茶也泡好可以倒了。等到每个人都喝了自己的茶以后，各自把凳子往后推，靠在墙上心满意足地长长舒了一口气。

"好了，"海狸先生推开空啤酒杯，将他的茶拉到面前，说，"请你们稍等一下，等我把烟斗点上，放松一下——嗯，现在咱们可以说正事了。又下雪了。"他加了一句，瞥了一眼窗外："这样更好，这意味着我们不会有任何访客上门。如果有人试图跟踪你们，他也找不到任何足迹了。"

—◆◆◆— 第八章 —◆◆◆—

晚餐后发生的事

"现在，"露西说，"请告诉我们图姆纳斯先生到底出了什么事。"

"啊，真不幸。"海狸先生摇摇头说，"真是非常、非常的不幸。毫无疑问，他是被警察带走了。我是从一只鸟儿那里知道的，它亲眼看见他被带走了。"

"但是，他被带到哪里去了呢？"露西问。

"嗯，最后看见他们的人说，他们是往北边去了，我们都知道那意味着什么。"

"不，**我们**不知道。"苏珊说。海狸先生非常沮丧地摇了摇头。

"恐怕那意味着他们把他带到她家去了。"他说。

"那他们会怎么对待他，海狸先生？"露西惊喘一声问。

"哎，"海狸先生说，"那很难说。被抓进那里去的，没几个能出来，都成了石像。他们说——她的庭院里、楼梯上和大厅里，全摆满了石像。她把人都变成——"（他停下来打了个寒战）"都变成石头了。"

"但是，海狸先生，"露西说，"我们难道不能——我是说，我们**必须**想办法救他啊。这太可怕了，而且全是我害的。"

"亲爱的，我相信你要是有办法，你一定会去救他的，"海狸太太说，"但是，没有经过她的同意，你不可能有机会进到她家，还活着出来。"

"我们不能想点计策吗？"彼得说，"我是说，我们不能装扮一下，假装是——小贩或什么的——或躲在一旁监视，等到她出门，或者——噢，见鬼了，一定有**某种办法**的啊。这个人羊冒着自己生命的危险救了我妹妹啊，海狸先生。我们不能就这样丢下他，让他变成——变成——现在的惨况啊。"

"没有用的，亚当之子。"海狸先生说，"就算**你们**所有人都去救，也没有用的。不过，现在阿斯兰已经开始行动——"

"噢，对！快告诉我们阿斯兰的事！"众人异口同声说。那股犹如春天初露端倪，好像有好消息来临的感觉，再度笼罩了他们。

"阿斯兰是谁？"苏珊问。

"阿斯兰？"海狸先生说，"你们竟然不知道？他是君王，是整座森林的王，但他不常在这里，你们明白吧。我这辈子，还有我父亲那一辈，都没见他来过。但是我们听到传闻说，他已经回来了。他现在就在纳尼亚。他会彻底解决白女巫的。只有他，而不是你们，才能解救图姆纳斯先生。"

"她不会把他也变成石头吗？"爱德蒙说。

海狸先生哈哈大笑回答："我主慈爱啊，亚当之子，这话说得太不用脑子了！把**他**变成石头？如果她在他面前能正视他的脸并双脚站稳不发抖，她就够了不起了，比我所想的更了不起。不，不。他会使一切回归正轨，像一首古老的诗歌所说的：

> 阿斯兰降临，是非得以重伸，
>
> 他的怒吼响起，悲伤不再有，
>
> 他亮出利齿，冬日走到尽头，
>
> 他振起长鬃，将有春天复临。

你们见到他之后就会明白了。"

"我们会见到他吗？"苏珊问。

"哎，夏娃之女，那就是我带你们来这里的目的。我要带你们去见他。"海狸先生说。

"他是——是人类吗？"露西问。

"阿斯兰是人类？"海狸先生严肃地说，"当然不是！我告诉过你们，他是这座森林的王，是伟大的'大海那一边的君王'的儿子。你们难道不知道谁是百兽之王？阿斯兰是一头狮子——**独一无二**的伟大狮王。"

"噢！"苏珊说，"我还以为他是个人。那接近他——安全吗？想到要见一头狮子，我就忍不住紧张。"

"亲爱的，不紧张才怪呢。"海狸太太说，"要是有人能在阿斯兰面前双膝不发抖，那他要么比大多数人都勇敢，要么是笨蛋。"

"所以在他面前不太安全啊？"露西说。

"安全？"海狸先生说，"你难道没听见海狸太太告诉你的吗？谁提到安全来着？他当然令人胆战心惊。但是他很善良。我告诉过你，他是君王。"

"我很想见他，"彼得说，"就算见到他的当下会感到害怕也无妨。"

"没错，亚当之子。"海狸先生说着把手爪重重"砰"的一声拍在桌上，震得杯盘碗碟咔嗒作响。"你们会见到他的。我已经收到通知，如果可以，你们明天到'石桌'与他会面。"

"'石桌'在哪里？"露西问。

"我会领你们去。"海狸先生说，"它在这条河的下游，离这里挺远的，我会带你们去！"

"但是，可怜的图姆纳斯先生要怎么办？"露西说。

"你们救他最快的方法，是去见阿斯兰。"海狸先生说，"只要阿斯兰与我们在一起，就可以开始行动了。这并不是说我们不需要你们。因为，另一首古老的诗歌是这么说的：

> 当亚当的骨肉
> 坐上凯尔帕拉维尔的王座，
> 邪恶时代必将终结。

所以，现在他来了，你们也来了，苦日子肯定快要结束了。我们听说阿斯兰从前来过纳尼亚——很久很久以前，没人说得清楚具体是什么时候。不过，你们人类从来没有在这里出现过。"

"海狸先生，这就是我不明白的地方。"彼得说，"我是说，女巫本身不是人类吗？"

"她很希望我们相信她是人类，"海狸先生说，"她也据此自封为女王。但是，她不是夏娃之女。她是你们先祖亚当的——"（海狸先生说到这里，鞠了一个躬）"你们先祖亚当的第一任妻子（据说名叫莉莉丝[1]）的后裔。莉莉丝是个灵魔[2]。这是那女巫的一半血统。她的另一半血统来自巨人族。不，不，那女巫身上一丁点真正人类的血统都没有。"

"所以她才会坏到骨子里去，海狸先生。"海狸太太说。

"一点也没错，海狸太太。"他回答说，"关于人类，也许存在正反两种看法（我无意冒犯在场的人），但是对那些看似人类，实非人类的东西，不会有两种看法。"

"我认识一些善良的矮人。"海狸太太说。

"既然你说到这点，我也认识几个啊，"她丈夫说，"但是善良的极少，他们是最不像人类的。总的来说，还是听我的劝，每当你们遇到任何快要变成人但还不是人，或曾经是人但

1　莉莉丝（Lilith）最早出现于苏美尔神话，在10世纪成书的圣经外典《本司拉的知识》中记载，莉莉丝（来自希伯来文"Lailah"，意思是"夜"）是亚当的第一个妻子，世界上第一个女人。在犹太教的拉比文学中，她是上帝用泥土所造，却因不愿伏在亚当之下而离开伊甸园。亚当向上帝诉苦，于是上帝抽出亚当的一根肋骨创造了夏娃代替她。莉莉丝也被记载为撒旦的情人、夜之魔女，也是法力高强的女巫。

2　灵魔（Jinn）是阿拉伯神话中一种超自然、可变为人或兽的怪物。《一千零一夜》中有许多和灵魔有关的故事。

现在不是人，或应该变成人但没变成的生物，你们都要当心，赶紧把武器拿好。那就是为什么女巫总是注意有没有人类来到纳尼亚。她已经这样提防你们许多年了，要是她知道你们是四个人，那就更危险了。"

"这和人数有什么关系？"彼得问。

"这就要说到另一个预言。"海狸先生说，"在凯尔帕拉维尔——就是这条河出海口海岸上的那座城堡，按照原本该有的情况，它应该是这个王国的首都——在凯尔帕拉维尔城堡中有四个王座，纳尼亚自古以来有个传说，当两个亚当之子和两个夏娃之女坐上这四个王座时，白女巫的统治会终结，她也会丧失性命。这就是为什么我们一路上必须小心，如果她知道你们四个人来了，你们的性命将眨眼消失，比我甩一下胡子还快！"

孩子们一直聚精会神聆听海狸先生的叙述，有很长一段时间没注意别的。就在他讲完最后一段话，大家全都静默无语时，露西突然说：

"哎呀——爱德蒙哪里去了？"

一阵可怕的沉寂，然后，大家开始互相追问："最后看到他的是谁？他不见多久了？他在外头吗？"接着，所有的人都冲到门口，向外张望。大雪一直持续下着，水潭已经覆盖上一层厚厚的白毯，暗绿色的冰面消失了，从小屋所在的水坝中央朝两边望去，几乎看不见任何一边的河岸。他们走到屋外，踏进高过脚踝的松软新雪里，绕着屋子四面八方去找。他们边找边喊："爱德蒙！爱德蒙！"喊到嗓子都哑了。但是寂静落下的大雪似乎掩盖了他们的声音，他们连个回声也没听见。

最后，他们在绝望中回到屋子里，苏珊说："这真是太可怕了！我好希望我们从来没来过这里。"

"海狸先生，我们现在该怎么办？"彼得说。

"怎么办？"海狸先生已经边说边穿上雪靴，"怎么办？我们片刻都耽搁不得，必须马上出发。"

"我们最好分成四支搜索小队，"彼得说，"各自朝不同方向去找。谁找到他就立刻回到这里来，并且——"

"搜索小队？"海狸先生说，"亚当之子，要搜索小队干吗？"

"当然是去找爱德蒙啊！"

"没必要去找他。"海狸先生说。

"你这话是什么意思？"苏珊说，"他不可能走远。我们必须找到他。你说不用去找他是什么意思？"

"不用去找他的原因是，"海狸先生说，"我们已经知道他去哪里了！"大家全诧异地瞪着他。"你们还不明白吗？"海狸先生说，"他去她那儿了，去找白女巫。他背叛了我们所有的人。"

"噢，是吗——噢，我确定他不可能那么做！"苏珊说。

"他不会那么做吗？"海狸先生紧盯着三个孩子说，所有他们想要辩护的话，到嘴边都停了下来，因为，每个人心里突然都非常确定，这的确是爱德蒙会干的事。

"但是，他认得路吗？"彼得说。

"他之前来过这个王国吗？"海狸先生问，"他曾经单独来过吗？"

"对。"露西说，声音小得几乎听不见，"恐怕他来过。"

"他告诉过你们他见了谁或做了什么吗？"

"呃，没有，他没说。"露西说。

"那么，记住我的话，"海狸先生说，"他已经见过白女巫，并加入到她那一边，也被告知她住在哪儿。我之前不想提这件事（毕竟他是你们的兄弟），但是我一看到你们这位兄弟的时候，我心里就想'这小子靠不住'。他脸上有一种跟女巫相处过、吃过她东西的人才会有的神情。只要你在纳尼亚住得够久，你就能认出来，他们的眼神不一样。"

"尽管如此，"彼得用一种近乎哽咽的声音说，"我们还是得去找他。就算他是个小畜生，毕竟他是我们的兄弟。何况他还只是个孩子。"

"去白女巫的家找吗？"海狸太太说，"你还不明白吗？救他也好，救你们自己也好，唯一的可能性就是离她远远的。"

"这话怎么说呢？"露西说。

"她就想把你们一网打尽（凯尔帕拉维尔城堡中的那四个王座，让她日思夜想，寝食难安）。只要你们四个全进了她家，她就大功告成了——你们还来不及开口说话，她的收藏里就会新增四座石像。但是，只要她手里只有他一个人，她就会让他活着，因为她会想用他做诱饵，来钓你们其余的人。"

"噢，难道**没有人**能帮助我们吗？"露西悲痛地说。

"只有阿斯兰能帮你们了。"海狸先生说，"我们必须出发去见他。现在，那是我们唯一的机会了。"

"我亲爱的孩子们，在我看来，"海狸太太说，"知道他是**什么时候**溜走的，十分重要。他能透露多少消息给她，取决于他听到多少事情。比如，在我们开始谈论阿斯兰之前，他就走了吗？如果还没谈，那我们的情况就好得多，因为她不会知道阿斯兰已经来到纳尼亚，也不知道我们要去跟他会面，在**这种**情况下，她会疏于防范。"

"我们谈论阿斯兰的时候，我不记得他在不在——"彼得开口说，但是露西马上打断他。

"噢，他在。"她难过地说，"你忘了吗？他还问女巫能不能把阿斯兰变成石头？"

"天啊，他确实问过。"彼得说，"他确实喜欢问这类问题。"

"越来越糟了，"海狸先生说，"下一个问题是，当我告诉你们，和阿斯兰会面的地点是'石桌'时，他还在不在场？"

当然，没有人能回答这个问题。

"因为，如果他在场，"海狸先生继续说，"那么，她只要驾着雪橇赶往那个方向，等在我们和'石桌'之间，就能在我们走到半路上时截住我们。如此一来，我们就联系不到阿斯兰了。"

"不过，我看她不会先这么做，"海狸太太说，"那不像她做事的方式。她只要一听爱德蒙说你们都在这里，她就会在今晚赶过来抓我们。如果爱德蒙是在半小时前溜走的，那么再过二十分钟左右，她就会到达这里了。"

"你说得对，海狸太太。"她丈夫说，"我们必须立刻全部撤离，刻不容缓。"

第九章

在女巫家里

现在，你当然想知道爱德蒙的情况对吧。他吃完了他那份餐点，但并没有真心享用它，因为他一心想着土耳其软糖——再没有比眷恋黑魔法食物更败坏对正常美食胃口的了。他也听到了大家的谈话，同样不感兴趣。他一直想着别人都不在意他，还设法冷落他。其实他们没有，全是他自己想象的。接下来他就默默听着，直到海狸先生告诉他们阿斯兰的事，直到他听完他们要去石桌与阿斯兰会面的整个计划。就是那时候，他开始悄悄地、侧身缓缓挪到门帘后面。一听到阿斯兰的名字，他就感到一种莫名的恐惧，正如这名字给其他人带来一种神秘又美好的感觉。

就在海狸先生复述"亚当的骨肉"这首古诗时，爱德蒙悄无声息地转动门把；就在海狸先生开始告诉他们白女巫不是真正的人类，而是半灵魔半巨人的混血儿时，爱德蒙已经出到屋外的雪地里，小心翼翼地把门在背后关上。

就算到了这时候，你也千万别认为爱德蒙真的很坏，以为他想把自己的兄弟姐妹都变成石头。他很想吃土耳其软糖，想当王子（日后当国王），并想报复骂他畜生的彼得。至于女巫会怎么对待其他人，他确实不希望她对他们太好——肯定不能让他们获得与他同等的待遇；但他设法相信，或假装相信，女巫不会真的对他们做出很坏的事。"因为，"他对自己说，"所有这些说她坏话的人都是她的敌人，说不定有一半是假话。无论如何，她对我真的很好，比他们对我都好。我希望她是真正合法的女王。无论如何，她都比那个可怕的阿斯兰好多了。"至少，这是他心里给自己正在做的事所找的借口。不过这不是一个非常好的借口，在他内心深处，他完全知道白女巫又坏又残酷。

当他走到屋外，发现自己置身在纷飞的大雪中时，他首先意识到自己把大衣忘在海狸先生家里了。当然，现在不可能再回去拿大衣了。第二件他注意到的是，天快黑了。当他们坐下来吃饭的时候，已经差不多三点钟，而冬天的白昼又特别短。他没估算到这一点，现在他只能尽量利用最后这点天光了。他竖起衣领，拖着脚步穿过坝顶（幸好下雪之后坝顶不那么滑了）前往河的对岸。

当他抵达河岸时，情况十分糟糕。天色随着时间的流逝越来越黑，再加上在他四周飞舞的雪花，他几乎看不见三尺外的景物。而且，根本没有路。他前进时不停滑进积雪里，在一个个冰冻的水坑上打滑，被倒下的树干绊倒，滑下陡峭的斜坡，小腿被各种岩石擦破，最后整个人又湿又冷，身上到处淤青。寂静和孤单实在可怕。事实上，要不是他正好对自己说："等我当上纳尼亚的国王，头一件事就是修几条像样的路。"我认为他有可能放弃整个计划，回去向其他人承认错误，与大家重修旧好。当然，这个当上国王并能做所有事情的念头鼓舞了他，令他大为振奋。就在他心里刚想好自己要拥有什么样的宫殿，有多少辆汽车，还有私人电影院的种种设备，主要的铁路该经过哪些地方，该制定什么法律来对付海狸和水坝，并对约束彼得的计划进行最后修订的时候，天气突然变了。先是雪停了。接着刮起一阵风，天气变得冰冷刺骨。最后，浓密的云层滚滚散去，月亮出来了。那是一轮满月，月光使白雪熠熠生辉，每样东西都亮得如同白昼一样——只有那些阴影令人困惑。

要不是当他来到另一条河边时月亮出来了，他将永远也找不到路。你还记得（在他们刚到海狸家时）他看到一条小河往下流，汇入下方的大河。现在他来到了这条小河边，转向沿河朝上走。但小河流经的小山谷比他刚离开的那个山谷更陡峭也更多岩石，并且有太多的灌木，令他在黑暗中根本无法穿过。即使现在有月光，他也很快就弄得一身湿，因为他必须弯腰从树枝下穿过，树枝上一团团的积雪便会滑落到背上。每次积雪落到背上，他心里就越发痛恨彼得——仿佛这一切全是彼得害的。

最后，他终于来到地势比较平坦的地方，山谷也开阔起来。就在那里，在河对岸，离他其实不远，在两座山丘之间一小片平原的中央，他看见一栋建筑——必定是白女巫的房子。这时月光比先前都更明亮。那房子其实是一座小城堡，看起来全是塔楼。那些小塔楼都有像针一样长长的、尖锐锋利的塔顶，看起来就像一顶顶巨大的巫师帽，或给捣蛋学生戴的圆锥高帽子。塔楼在月光下闪闪发亮，长长的阴影落在雪地上，看起来很诡异。爱德蒙开始对那栋房子感到害怕。

但是现在想回头已经太迟了。他穿过结冰的河面，朝那栋房子走去。万籁俱寂，四周毫无动静，就连他的双脚踏在深深的新雪里也毫无响声。他一直往前走，沿着房子转过一个又一个墙角，经过一座又一座的塔楼，想找到门。他直到绕了一大圈之后，才找到在背面的门。那是一座巨大的拱门，两扇铁门大开着。

爱德蒙蹑手蹑脚走到拱门边，朝里头的庭院张望，他看到的景象差点使他心跳停止。就在大门一进去的地方，在明亮的月光照耀下，有一头巨大的狮子蹲伏着，似乎准备随时跃起。爱德蒙站在拱门的阴影中，吓得双膝打战，既不敢前进，又害怕退后。他在那里站了很久，即使没被吓得牙关打战，这会儿也冻得牙关打战了。我不知道这情况究竟持续了多久，但爱德蒙觉得像过了好几个小时。

最后，他开始纳闷那头狮子为什么一直蹲伏着不动——从他第一眼看见它到现在，它连一寸都没挪过。爱德蒙冒险走近了一点，尽可能让自己藏在拱门的阴影中。现在，他从狮子蹲立的方位看出来，它根本不可能看见他。（"但是万一它回头怎么办？"爱德蒙想）事实上，它正紧盯着另外一个东西——一个站在离它四尺远，背对着它的小矮人。"啊哈！"爱德蒙想，"当它扑向那个小矮人的时候，我就有机会逃开了。"但是，那头狮子依旧纹风不动，小矮人也一样。这时，爱德蒙才一下子想起来，其他人说过白女巫会把人变成石头。说不定这只是一头石狮子。他一想到这点，就注意到那头狮子的背上和头顶上都覆满了积雪。那肯定就是一座石像啊！活的动物才不会让自己身上盖满积雪。于是，爱德蒙鼓起勇气，非常缓慢地朝狮子走去，他的心狂跳不止。即便这一刻，他也不敢摸它。不过，他最后还是伸出手，飞快地摸了一下。它是冰冷的石头。他竟然被一座石像吓得半死！

爱德蒙大大松了一口气，天气还是那么冷，他却突然从头到脚都暖了起来，与此同时，他脑中浮现了一个绝佳的想法。"也许，"他想，"这就是他们大家都在谈的，那头伟大的狮子阿斯兰。她已经抓到他，并且把他变成石头了。所有他们对他所存的美好想法，就**这么**完蛋了！呸！谁会怕阿斯兰啊？"

他站在那儿得意扬扬地打量那头石狮子，随后，他做了一件非常无聊又孩子气的事。他从口袋里掏出一截铅笔头，在狮子的上唇画上两撇胡子，然后又在它眼睛上画了一副眼镜。然后他说："啊哈！老笨蛋阿斯兰！当一座石像的滋味怎么样啊？你一直觉得自己很威风是吧？"即使这头伟大的石兽遭到乱画一通，那张在月光中朝前凝视的脸，依旧看起来非常骇人、非常哀伤，也非常高贵。爱德蒙并未从嘲弄它获得真正的乐趣。他转身离开，开始穿过庭院。

当他走到庭院中央，他看见四周有十几座石像——东一座西一座散放着，像是下棋下到一半时棋盘上散放的棋子。有石头的萨提尔[1]、石狼、石熊、石狐狸，还有各种猫科动物的石像。有几座很可爱的石像看起来像女人，但事实上她们是树精。有一座石像是身形雄伟的人马，有一座是飞马，还有一座身躯长而柔软的生物，爱德蒙认为是龙。它们十分奇怪地伫立着，在明亮清冷的月光中看起来栩栩如生，却又丝毫不动，这让人在穿过庭院时有点毛骨悚然的感觉。庭院的正中央耸立着一座巨大的石像，看起来像个男人，但是高大如树木，并且长相凶猛，一脸蓬乱的胡子，右手握着一根大棒子。虽然爱德蒙知道那只是一个石头巨人，不是活的，但他还是不想从那石像旁边经过。

这时，他看见一道昏暗的光线，从庭院对面的一扇门透出来。他朝光线走去，有一排石阶往上通到那扇打开的门。爱德蒙爬上石阶。那扇门前横卧着一匹巨狼。

"没事，没事。"他不停自言自语说，"那只是一匹石狼。

---

1 萨提尔（Satyr）一般被视为是希腊神话里牧神潘与酒神狄俄倪索斯的复合体。他们拥有人类的身体和部分山羊的特征，一般来说他们是酒神的随从。在早期的古典艺术造型中，他们是半人半羊的神，他们长着山羊的耳朵，头上生有短小的羊角，脚和腿都是山羊的形状，拖着山羊或马一样的尾巴，浑身都是毛。

它没法伤害我的。"他抬起脚来打算从他身上跨过去。那头巨兽猛一下起身，背上的毛全竖了起来，它张开血盆大口，咆哮着说：

"是谁？是谁在那里？站住，陌生人，告诉我你是谁。"

"对不起，先生，"爱德蒙吓得浑身颤抖，几乎说不出话来，"我名叫爱德蒙，是亚当之子，前几天曾在森林里和女王陛下见过面，我来给她报信，我的兄弟姐妹现在来到纳尼亚了——就在离这里很近的海狸夫妇家里。她——她想要见见他们。"

"我会去禀报女王陛下。"巨狼说，"我不在的时候，你若想要命，就乖乖站在门口别动。"然后他很快进屋里去了。

爱德蒙站在那里等着，他的手指冻得很痛，心也不停狂跳。过了一会儿，那匹叫作毛格林姆的大灰狼，也就是女巫的秘密警察头子，跑跳着回来，说："进来！进来！幸好女王喜欢你——其他人可没这么幸运。"

爱德蒙走了进去，经过巨狼时很小心，以免踩到他的爪子。

他发现自己来到一个狭长昏暗、有许多柱子的大厅，厅里就像庭院一样到处都是石像。最靠近门的是一座脸上神情非常悲伤的小人羊石像，爱德蒙不由自主地猜想，也许这就是露西的朋友。整个大厅中只有一盏灯，白女巫就坐在灯旁边。

"女王陛下，我来了。"爱德蒙说着，迫不及待地冲上前。

"你竟敢独自前来？"女巫说话的声音很可怕，"我不是告诉过你，要把其他人一起带来？"

"请你原谅，陛下，"爱德蒙说，"我尽力了。我已经把他们带到这附近。他们就在大河水坝顶上的那栋小屋里，和海狸先生、海狸太太在一起。"

女巫脸上慢慢浮现出一个残酷的微笑。

"这就是你要告诉我的全部消息？"她问。

"不，陛下。"爱德蒙说，然后他把离开海狸家之前所听到的一切都告诉了她。

"什么！阿斯兰？"女王大叫，"阿斯兰！是真的吗？如果我发现你对我说谎——"

"请陛下原谅，我只是重复他们所说的话。"爱德蒙结结巴巴地说。

但是女王已经不理会他了，她拍拍手，上次爱德蒙见过的、跟女王在一起的小矮人立刻出现。

"快把雪橇备好，"女巫下令，"使用没有铃铛的鞍具。"

第十章

咒语开始破解

现在，我们必须回来看海狸先生、海狸太太以及三个孩子。海狸先生一说完"刻不容缓"。大家就立刻起身，纷纷穿上大衣，只有海狸太太例外，她拿起一些袋子放在桌上，说："海狸先生，现在帮我把那块火腿取下来。这里有一包茶，还有糖和一些火柴。你们谁帮我到角落那个瓦罐里拿两三条面包过来。"

"你在干什么啊，海狸太太？"苏珊喊道。

"给每个人收拾一包东西，亲爱的。"海狸太太非常冷静地说，"我们要出远门，你不认为我们该带些吃的吗？"

"但是我们没时间了啊！"苏珊边说边把大衣的领子扣上，"她可能随时会到。"

"我也是这么说的。"海狸先生赞同说。

"你们别胡说了，"他妻子说，"海狸先生，用你的脑袋想想，她至少还要一刻钟才会到这里。"

"但是，如果我们想比她先赶到石桌那儿，"彼得说，"不是越早出发越好吗？"

"你要知道，海狸太太，"苏珊说，"她到这里一看，发现我们都走了，她一定会用最快的速度来追我们的。"

"她一定会的。"海狸太太说，"但是不管我们怎么赶，我们都不可能比她先到，因为她乘雪橇，我们是走路。"

"那——我们岂不是没希望了？"苏珊说。

"好了，别大惊小怪的，乖孩子，"海狸太太说，"去那个抽屉里拿六条干净的手帕过来。当然我们还有希望。我们无法赶在她**之前**到达，但我们可以保持隐蔽，走她没有料到的路，说不定我们就能顺利到达。"

"一点也没错，海狸太太。"她丈夫说，"现在我们该上路啦。"

"**你**也别开始大惊小怪，海狸先生，"他妻子说，"好了，这样好多了。这里有五包东西，最小的一包给我们当中最小的拿：亲爱的，这包是你的。"她看着露西补充说。

"噢，求求你快点吧。"露西说。

"嗯，我差不多准备好了。"海狸太太终于说，并让她丈夫帮她穿上雪靴，"我想，把缝纫机带着走会太重吧？"

"是的，**它**很重。"海狸先生说，"重得要命。我想，你不会认为我们在赶路的时候能用上它吧？"

"一想到那个女巫会瞎搞我的缝纫机，把它砸坏或偷走它之类的，"海狸太太说，"我就受不了。"

"噢，拜托拜托，求求你了，快点吧！"三个孩子说。他们终于动身，全部走出屋子，海狸先生锁上了门（"这会拖延她一点时间。"他说），然后他们把属于自己的那包东西背在肩上，出发了。

他们启程时，雪已经停了，月亮也出来了。他们排成一列纵队前进——最前面是海狸先生，然后是露西、彼得、苏珊，最后是海狸太太。海狸先生带领他们穿过水坝，上到河的右岸，再沿着岸边树林中一条非常崎岖不平的小路往下走。河谷两岸高耸的山壁在月光下闪闪发光。"我们尽可能走下面。"海狸先生说，"她必须走上面，因为雪橇没办法下到这里来。"

如果是坐在一张舒服的扶手椅上，透过窗子往外看，这确实是一幅很美的景象。即便是在目前的情况下，露西一开始还是很享受这些美景。随着他们不断往前走啊走，走啊走，她感觉自己背的袋子越来越重，也开始怀疑自己能不能坚持跟上。她停止观看炫目耀眼的冰冻河流和结冰的瀑布，也不再看树顶上一团团的白雪、极其皎洁的月亮和满天灿烂的繁星，她只盯着海狸先生的那双小短腿，啪嗒——啪嗒——啪嗒穿过雪地走在她前面，仿佛永远也不会停下来。随后，月亮不见了，雪又开始下起来。最后，露西累到极限，就在她一边走一边几乎睡着的时候，突然发现海狸先生离了河岸转往右走，领他们爬上陡峭的斜坡，走进非常茂密的灌木丛里。接着，她一下整个清醒过来，发现海狸先生钻进了山坡上的一个小洞里，那个洞几乎完全被灌木丛盖住，你只有来到洞口前才会看见。事实上，当她明白过来怎么回事时，海狸先生已经只剩一条又短又扁的尾巴露在外面了。

露西立刻弯下身子跟在他后面爬进去。然后她听见背后响起一阵爬行和喘气的声音，不一会儿，他们五个都进到洞里了。

"这是什么地方？"彼得的声音响起，在黑暗中听起来又疲惫又黯淡。（我希望你明白我说声音听起来很黯淡是什么意思）

"这是一个海狸用来避难的老地方，"海狸先生说，"这是个大秘密。这里虽然简陋，但我们总得睡几个钟头休息一下。"

"出发的时候，你要是没那么大惊小怪地拼命催，我就会带几个枕头过来了。"海狸太太说。

露西心里想着，这个洞比图姆纳斯先生舒适的石洞可差远了，这就是个地面泥土干燥的地洞而已。洞非常小，当他们都躺下来时，大家全紧挨在一起，因为紧挨着，再加上他们长途跋涉走得全身发热，所以这么挤着也还挺舒服的。要是这洞的地面能再平一点就好了！接着，海狸太太在黑暗中传递一个小瓶子，每个人都喝了一点——它让人呛咳出声，喉咙感觉火辣辣的，不过一旦吞下去之后，它也让你感觉全身暖和无比，大家一下子就都睡着了。

露西感觉才睡了一分钟就醒了（事实上已经过了好几个小

时了），她觉得有点冷，浑身僵硬，心里好想去洗个热水澡。接着，她感到脸颊被一撮长胡须撩得好痒，然后看见了从洞口透进来的清冷日光。紧接着，她就完全清醒过来了，其他人也一样。事实上，他们全都惊坐起来，目瞪口呆地倾听着昨晚赶路时，一直想着的声音（有时候他们会在想象中听见），就是铃铛响动的叮当声。

海狸先生一听见那声音，立刻闪电般钻出地洞。也许你想的跟露西当时想的一样，觉得这么做很蠢，但其实他的举动很明智。他知道外面长满了灌木丛和荆棘，自己可以不被发现地爬到坡顶。他现在最想知道的是，女巫的雪橇往哪个方向走。其他人都坐在地洞里等着，猜测着。等了大约五分钟，他们听见了把自己吓得半死的声音。他们听见了说话声。"完了。"露西想，"他被发现了。她逮到他了！"过了一会儿，他们大吃一惊地听到海狸先生的声音在洞外喊他们。

"没事了。"他喊道，"出来吧，海狸太太。出来吧，亚当的子女。没事了。不是**她**！"这话颠三倒四的，不过，海狸一兴奋起来，说话就会这样；我是指在纳尼亚——在我们的世界里他们根本不说人话。

于是，海狸太太和孩子们匆匆爬出地洞，纷纷在明亮的日光下拼命眨眼睛。他们身上全是泥土，每个看起来都浑身脏兮兮的，不但蓬头垢面，而且睡眼惺忪。

"快上来！"海狸先生大喊道，高兴得手舞足蹈，"快上来看看！这对女巫真是狠狠一击！看来她的法力已经开始崩溃了。"

"你**到底**在说什么啊，海狸先生？"彼得气喘吁吁地说，他们全都奋力爬上了河谷陡峭的斜坡。

"我不是告诉过你吗？"海狸先生回答，"她把这里变成永远都是冬天，却没有圣诞节。我确实告诉过你吧？嗯哼，现在过来看看吧！"

于是，他们全爬上了坡顶，也都看见了。

那的确是一辆雪橇，**的确**是几只戴着配有铃铛的鞍具的驯鹿。但是它们比女巫的驯鹿要高大得多，而且它们是褐色的，不是白色的。雪橇上坐着一个大家一眼就能认出来的人。他是个很高大的男人，身上穿着鲜红色的袍子（鲜红如冬青树的果子），头戴一顶内衬毛皮的风帽，一把浓密的长胡须像饱含白沫的瀑布般垂落在胸前。大家都认识他，虽然你只能在纳尼亚见到这样的人物，但是你在我们的世界——衣橱这一边的世界——见过他们的画像，听人说过他们的事迹。不过，当你在纳尼亚王国真正见到时，会发现他们其实很不一样。在我们的世界里，有些图片把圣诞老人画得只剩滑稽和逗笑。现在，孩子们真正站在那里看着他时，发现他跟图片很不一样。他非常高大、非常开心、非常真实，他们全都静了下来。他们感觉非常开心，同时也很庄严肃穆。

"我终于来了。"他说，"她把我挡在外面好多年，终于进来了。阿斯兰已经开始行动。女巫的魔法正在减弱。"

露西感到一股喜悦的战栗从头直窜到脚，这只有你在身心肃穆又沉静的时候才会感觉到。

"现在，"圣诞老人说，"该给你们礼物了。海狸太太，这里有一台全新的、更好的缝纫机要给你。我经过你家时，会送进屋里。"

"很抱歉，先生，"海狸太太行了个屈膝礼说，"门锁上了。"

"门锁和门闩对我都不是问题。"圣诞老人说，"至于你，海狸先生，等你回到家，你会发现你的水坝已经完工了并改良了，所有漏水的地方都补好了，并且装上了新的闸门。"

海狸先生欣喜万分，张大了嘴，却发现自己半天说不出话来。

"亚当之子彼得。"圣诞老人说。

"是，先生。"彼得说。

"这些是给你的礼物，"圣诞老人说，"它们是工具，不是玩具。恐怕你很快就要用上它们了。好好佩戴它们吧。"说完之后，他交给彼得一面盾牌和一把剑。盾牌是银色的，上面是一只人立着的红狮子，颜色鲜红如你刚采下的成熟草莓。那把剑的剑柄是黄金所铸，配有剑鞘、剑带并一切所需配件，它的尺寸和重量刚刚好适合彼得使用。彼得沉默又庄重地接下这些礼物，因为他觉得这是一份非常严肃的礼物。

"夏娃之女苏珊，"圣诞老人说，"这些是给你的礼物。"然后他交给她一张弓和一个装满了箭的箭袋，以及一个象牙的小号角。"只有在情况十分危急的时候，你才能使用弓箭。"他说，"因为我无意让你去打仗。这弓箭能轻易命中目标。而这只号角，当你放在唇边吹响时，无论你身在何处，我想你都会获得援助。"

最后，他说："夏娃之女露西。"露西走上前去。他给她一个看上去像玻璃的小瓶子（不过后来有人说那是钻石做的）。"这个瓶中装着的，"他说，"是生长在太阳山脉中火焰花的汁液提炼的甘露。如果你或你的朋友受了伤，只要几滴甘露就能让他们康复。这把匕首是让你在危急时防身用的，因为你也不该上战场。"

"为什么呢，先生？"露西说，"我想——我不知道，不过我想我足够勇敢。"

"那不是重点，"他说，"当女人也参战时，那样的战争就太丢脸了。现在，"——说到这里，他突然看起来不那么严肃了——"我这里还有些东西是给你们大家准备的！"接着他拿出（我猜是从他背上的大口袋里拿出来的，但是没有人看见他动手）一个上面摆了五套杯碟的大托盘、一碗方糖、一壶奶油，还有一个滚烫得嘶嘶作响的大茶壶。然后，他大喊道："圣诞快乐！真王万岁！"接着鞭子一扬，在大家还没回过神来之前，他们就出发了，他和驯鹿、雪橇及所有一切，转眼消失无踪。

彼得刚把剑拔出来给海狸先生看，海狸太太就开口说：

"好啦，好啦！别杵在那儿只顾说话，茶都凉了。你们男人就这德行。快过来帮忙把托盘端到底下去，我们好好吃顿早餐。感谢老天，幸好我想到把面包刀带来了。"

于是，他们下了陡峭的斜坡，回到地洞里，海狸先生切了几片面包和火腿做成三明治，海狸太太倒好了茶，大家开始津津有味地享用早餐。不过，他们还没吃完，海狸先生就开口说："现在该动身上路啦。"

第十一章

阿斯兰快到了

这段时间，爱德蒙简直失望透顶。当小矮人离开去准备雪橇时，他以为女巫会像上次他们碰面时那样，开始亲切和蔼地对待他。但是她什么也没说。当爱德蒙终于鼓起勇气开口说："陛下，能不能请你给我一些土耳其软糖？你——你——说——"她回答："闭嘴！"接着，她似乎改变了主意，好像在自言自语，说："要是让这小崽子昏倒在半路上也不行。"于是她再次拍拍手，招来了另一个矮人。

"给这个人类拿点吃喝的来。"她说。

矮人离开，过了一会儿端着一个装了清水的铁碗和一个放着一大块干面包的铁盘回来。他把东西放在爱德蒙旁边的地上，咧嘴露出令人厌恶的笑容说：

"给小王子的土耳其软糖来了。哈！哈！哈！"

"拿开，"爱德蒙生气地说，"我不吃干面包。"未料女巫突然转向他，脸上的神情非常可怕，他吓得赶紧道歉，开始一小口一小口啃那块面包，面包都已经馊了，他根本就吞不下去。

"你这会儿还有得吃，就该高兴了。"女巫说。

在他还很艰难地咀嚼的时候，第一个矮人回来报告女巫，雪橇已经准备好了。白女巫起身往外走，命令爱德蒙跟她一起去。他们走到院子时，雪又开始落下，但她不以为意，并叫爱德蒙上雪橇坐在她旁边。在出发前，她叫来毛格林姆，他像只巨大的狗蹦蹦跳跳来到雪橇旁边。

"带上你手下跑得最快的狼，立刻到海狸家去。"女巫说，"不管你在那里发现谁，全都给我杀了。如果他们已经走了，那就全速赶去石桌，但是不要被人看见。在那里躲好等我。这期间我得向西走好几英里才能找到雪橇过河的地方。你大概能在那些人类抵达石桌之前追上他们。你也知道发现他们之后该怎么做！"

"遵命，女王陛下。"那匹狼咆哮道，立即在大雪纷飞的夜色中疾奔而去，速度如奔驰最快的马。几分钟后，他叫上另一匹狼，跟他一起下到水坝，在海狸家四处嗅闻。当然，他们发现屋子已经空无一人了。如果那天晚上天气好，海狸夫妇和孩子们就不堪设想了，因为狼能追踪他们的痕迹——十之八九能在他们抵达地洞前追上他们。但是，因为又开始下雪，他们的气味变淡，就连足迹也都被雪掩盖了。

与此同时，矮人挥鞭驱赶驯鹿出发，载着女巫和爱德蒙驶出了拱门，进入寒冷的茫茫黑夜中。这趟旅程对没有大衣的爱德蒙而言，真是太可怕了。他们上路还不到一刻钟，他的正面身子就堆满了雪——他很快就不再尝试抖掉身上的积雪，因为，他才一抖掉，新的雪又覆上来，而且他已经很累了。没多久，他就全身湿透了。啊，他实在太悲惨了！现在，看起来女巫不想要他当国王了。所有他用来说服自己相信的事，比如她善良又仁慈，她这一边才是正义又正确的一边等等，现在听起来都那么愚蠢。此时此刻，他愿意放弃一切去跟其他人会合——甚至跟彼得会合！现在，他唯一用来安慰自己的方法是，努力去相信这整件事只是一场梦，也许他随时会醒来。随着他们往前赶，时间一个小时又一个小时过去，它看起来真的像一场梦了。

这情况持续了很久，久到就算我一页页写下去也写不完。不过我会略过这段，直接跳到大雪停止，早晨来临，他们在晨光中奔驰。他们仍然继续往前赶啊赶，除了雪地不停发出的嗖嗖声和驯鹿鞍具的嘎嘎声，四野一片寂静。终于，女巫说："停！我们看看这儿有什么？"他们停了下来。

爱德蒙多么希望她会说出吃早餐的事！但是她停下来完全是为了别的原因。前方不远的一棵树下，正有一个欢乐的餐会，一只松鼠和他太太及孩子，两个萨提尔，一个矮人和一只年老的雄狐狸，正围在一张餐桌旁吃饭。爱德蒙看不太清楚他们在吃什么，但是闻起来真香啊，桌上还用冬青枝叶做了装饰，他似乎还看见了一个李子布丁。雪橇停下来的那一刻，那只显然是他们当中年纪最长的狐狸正用后脚站起来，右爪握着一个玻璃杯，打算说些什么。但是当大伙儿看见雪橇停下，又看见上面坐着谁，他们脸上所有快乐的神情都消失了。松鼠爸爸的叉子停在半途还没送到嘴边，有个萨提尔停下来时叉子还在嘴里，松鼠宝宝全吓得吱吱叫。

"这是什么意思？"女巫问。没有人回答。

"快说，害虫！"她又说，"难道你们要我的矮人用鞭子叫你们开口？你们这样大吃大喝，这样奢侈浪费，这样自我放纵，究竟是什么意思？所有这些东西，你们是从哪儿弄来的？"

"对不起，陛下，"狐狸说，"这些东西是别人给的。请容我大胆举杯祝贺陛下身体健康——"

"谁给你们的？"女巫说。

"圣——圣——圣——圣诞老人。"狐狸结结巴巴地说。

"什么？"女巫大吼一声，从雪橇上跳下来，几大步就走到那些吓坏了的动物面前。"他没来这里！他不可能来这里！你们好大胆子——这是绝不可能的。快承认你们说谎，我就饶了你们。"

就在这时候，一只松鼠宝宝完全失去了理智。

它用小汤匙敲着桌子吱吱尖叫道："他来了——他来了——他明明就来了！"爱德蒙看见女巫咬紧了嘴唇，以至于她雪白的脸颊出现了一点血色。接着，她举起了魔杖。爱德蒙见状大喊："噢，不，不，求求你不要这样。"但就在他喊出口的时候，女巫已经挥动魔杖，在那儿的那个快乐小团体，在刹那间只剩一个个围坐在石桌边的石像（其中一个石像永远定在叉子举到半途没送进嘴里），桌上是石头盘子和石头李子布丁。

"至于你，"女巫返回雪橇后朝爱德蒙的脸狠狠甩了一巴掌，说，"这是为你给奸细和叛徒求情的教训。上路！"在这个故事中，爱德蒙第一次为别人感到伤心。想到那些小石像将年复一年坐在那里，度过无数寂静的白昼与漫长的黑夜，直到全身长满青苔，最后连他们的脸都崩裂损毁，就令人感到无比难过。

现在，他们再次稳稳地向前奔驰。不久，爱德蒙便注意到，他们疾驰时，飞溅到他们身上的雪花比昨晚湿得多。同时，他还注意到自己感觉没那么冷了。还有，四面八方开始起雾。事实上，随着时间过去，雾越来越浓，天气也越来越暖和。现在，连雪橇也跑得不如原来平稳飞快。起先，他以为是驯鹿累了，但他很快就看出那不是真正的原因。雪橇颠簸得厉害，不时打滑、震动和摇晃，就像撞上石头一样。无论矮人如何鞭打可怜的驯鹿，雪橇的速度就是越来越慢。他们周围也响起了奇怪的声音，不过，雪橇行驶和颠簸震动的声响，还有矮人对驯鹿的大声吆喝，混在一起使爱德蒙听不清楚那声音是什么。直到雪橇突然猛一下卡住，再也动弹不得。雪橇乍停，所有嘈杂的声响骤停，瞬间一片寂静。在这片寂静中，爱德蒙终于能好好听一下另一个声音。一个陌生、悦耳、淙淙潺潺的声音——说陌生也没那么陌生，因为他以前听过这种声音——他只需要想起来是在哪里听过！接着，他忽然想起来了。那是流水的声音。虽然看不见，但在他们周围显然有好些小溪，它们都在潺潺作声、呢喃低语、滔滔不绝、水花飞溅，甚至（在远处）咆哮轰鸣。严冬酷寒已过，冰雪融化了，当他明白过来时，他的心猛然跳动起来（虽然他不明白为什么）。他们附近所有树木的枝干上，都开始滴答——滴答——滴答地滴水。接着，就在他看着一棵树时，他看见一大团积雪从树上滑落下来，打从他进到纳尼亚王国，这是他头一次看见一棵冷杉的墨绿色枝叶。不过，他没时间再继续聆听或观看，因为女巫开口说：

"别坐在那里发呆，笨蛋！快下去帮忙。"

当然，爱德蒙必须服从。他下了雪橇踩进雪中——不过现在只能算是融雪的泥泞了——开始帮矮人把陷进泥坑里的雪橇拖出来。他们最后终于成功了。矮人靠着狠狠鞭打驯鹿，再次让雪橇往前行驶，他们又往前奔驰了一小段路。现在积雪真的全融化了，四面八方开始出现一片片的青草地。除非你像爱德蒙一样长时间看过一个被冰封雪罩的世界，否则你很难想象在一片永无止境的雪白之后，看见那些绿茵是多么令人欣慰。接着，雪橇再次停了下来。

"不行了，陛下。"矮人说，"雪融成这样，我们没法行驶了。"

"那么我们就用脚走。"女巫说。

"走路的话，我们永远赶不上他们啊。"矮人抱怨道，"何况他们先走了那么久。"

"你是我的议员还是我的奴隶？"女巫说，"快照我的话做。把这个人类的双手反绑起来，牵住绑他的绳子，同时把你的鞭子带上。把驯鹿的缰绳割断，它们会自己找到路回家。"

矮人遵命照办，几分钟后，爱德蒙就被反绑双手，强逼着以最快的速度往前走。一路上，他不停地滑倒在融雪中、泥浆里和湿漉漉的草地上，每次他一滑倒，矮人就咒骂他，有时候甚至抽他一鞭子。女巫走在矮人后面，不停地催促说："快点！快点！"

每时每刻，青绿的草地都在变大，雪地则在不断缩小。每时每刻，都有树木抖落身上的雪袍。不一会儿，无论你往哪个方向望去，所见已经不是被白雪覆盖的各种形状的物体，而是墨绿色的冷杉，或光秃秃的橡树、山毛榉和榆树那黑刺似的枝干了。接着，周遭白蒙蒙的雾逐渐转成金色，不久就全部消散无踪。一束束美妙的阳光穿过树木洒落在林地上，而在头顶上方，你可以从树梢的间隙里看见蔚蓝的天空。

不久，更多奇妙的事发生了。当他们突然转过一个拐角，进入一片白桦林中的空地时，爱德蒙看见遍地开满了小黄花——那是白屈菜。

流水的声音更响了。不久，他们真的涉过一条小溪。在溪对岸他们看见一丛丛长出来的雪花莲。

矮人看见爱德蒙转头去看那些花时，恶狠狠地猛拽了下绳子，说："别东张西望！"

不过，这当然无法阻止爱德蒙观看。才过了五分钟，他就注意到有棵老树周围长了十几株番红花——有金色、紫色和白色。这时，四周传来一种比流水更悦耳的声音。在他们行进的小径旁，在很近的地方，树枝上有一只鸟儿突然啁啾鸣叫。不远处另一只鸟儿立刻叽喳回应。接着，仿佛这是个信号，四面八方霎时之间响起一片啁啁啾啾、叽叽喳喳的鸟叫，不一会儿便交织成一首歌，在五分钟之内整个树林就响遍了鸟儿的乐曲。爱德蒙无论把眼睛转向哪里，都能看见各种鸟儿栖落在树枝上或飞翔过头顶，有些在互相追逐嬉戏，有些在拌嘴吵闹，还有些在用鸟喙整理自己的羽毛。

"快点！快点！"女巫说。

此时雾气已经消散无踪，天空变得越发蔚蓝，并且不时有朵朵白云匆匆飘过。在宽阔的林间空地上，到处长着樱草花。一阵微风吹过，带动树枝摇曳，洒落点点水珠，又给这些旅人带来清凉扑面的各种芬芳香气。树木开始变得生机蓬勃。落叶松和白桦树已经长出一片新绿，金链花也盛放出串串金黄。不一会儿，山毛榉就长出了它们精致透明的叶片。当一行旅人从这些树下走过时，落在身上的光线也变成绿色的。一只蜜蜂嗡嗡飞过他们行走的小径。

矮人突然停下脚步说："这根本不是融雪。这是**春天**啊。我们该怎么办？我敢说，你的冬天已经被击溃了！这是阿斯兰干的。"

"你们谁要是再敢提起那个名字，"女巫说，"我就立刻宰了他。"

第十二章

彼得的第一场战役

　　就在矮人与白女巫说这话的时候，远在几英里外的海狸夫妇和孩子们，在连续走了好几个钟头之后，像是进到了一个美妙的梦境里。他们早已抛掉了大衣。到这时候，他们甚至已经不再对彼此说"快看！那里有一只翠鸟！"或是"哎呀，那是风铃草！"或是"这么香的味道是什么啊？"或是"你听那只画眉鸟的声音！"他们安静地往前走，陶醉其中，穿过片片温暖的阳光，走进清凉的绿树丛里，再来到一片宽敞又布满青苔的林间空地上，那里有好些高耸的榆树在头顶撑起一片浓荫，随后他们走进一大片茂密盛开的红醋栗花当中，接着又置身在山楂树丛间，那香气甜美到令人几乎无法承受。

　　他们看见冬天突然消逝，整座森林在几小时内就从一月跨进五月，他们跟爱德蒙一样惊讶万分。他们甚至无法像女巫那样确定，这是阿斯兰到了纳尼亚之后就会发生的事。但他们全知道，是女巫下的魔咒使这里产生了漫长的寒冬；这神奇的春天开始后，大家都知道女巫的阴谋出现了失误，而且是严重的失误。雪融了一阵子以后，他们都明白过来，女巫已经不能乘坐雪橇了。在这以后他们就没那么急着赶路，而会让自己多休息几次，也休息得久一点。当然，他们这时已经很累了，不过还不到我所谓的精疲力竭的程度——他们只是动作变慢了，感觉很像在梦里，内心十分平静，像一个在外奔走一天的人快要结束劳动时的状态。苏珊的一只后脚跟磨出了一个小水泡。

　　他们已经离开沿着大河的路有一阵子了，他们必须稍微往右转（也就是稍微偏南）才能抵达石桌所在地。这不是原来要走的路，他们在雪融了以后不能继续在河谷里走了，融化的雪使大河很快泛滥起来——变成一股惊人的、轰鸣着的、势如奔雷的黄色洪流——他们原来走的路已经完全被淹没了。

　　此时太阳已经西沉，光线变得更红，地上的影子拉得更长，花朵也都开始合拢。

　　"快要到了。"海狸先生说，开始领着他们爬上山坡，穿过一片厚厚的潮湿青苔地（他们疲惫的双脚踩在上面感觉很舒服），那里只长着稀疏的参天巨树。跋涉一天之后，爬这段路让他们个个累得气喘吁吁。就在露西想着要是再不停下来休息一下，自己恐怕爬不上去时，他们突然**就在**山顶了。这是他们看见的景象。

　　他们站在一片开阔的青翠草地上，往下俯瞰，除了正前方之外，全是一望无际的森林。前方，也就是东边远处，有某种闪烁晃动的东西。"天啊！"彼得低声对苏珊说，"是大海！"在山顶宽阔的草地的正中央，就是石桌。那是一块巨大、坚硬的灰石板，由四根直立的石头撑着。石桌看起来非常古老，上面刻满了奇怪的线条和图案，也许是一种未知语言的文字。你看着那些线条图案时，它们给你一种古怪的感觉。接着他们看见空地的一边安扎了一座大帐篷。那座精美绝伦的大帐篷——尤其现在夕阳的光辉正照在它上面——有看似黄绸的篷身，猩红的绳索和象牙白的篷桩；帐篷顶上高竖的旗杆上，有一面旗帜迎风招展，旗上是一头人立的红色雄狮，从远方大海吹来的微风轻拂在他们脸上。他们正看着这情景，突然听见右边传来一阵音乐，他们转头望去，看见了自己前来会见的对象。

阿斯兰站在一群生物中央，他们呈半月形围着他。其中有拿着乐器的"树姑娘"和"井姑娘"（在我们的世界里，通常把她们称为树精灵和水精灵），音乐就是她们弹奏的。还有四个高大的人马。他们的下半身像英国农庄雄伟的马匹，上半身像严肃但英俊的巨人。另外还有一匹独角兽、一只人头牛身兽、一只鹈鹕、一只老鹰和一头巨犬。阿斯兰左右立着两只豹子，一只托着他的王冠，一只掌着他的王旗。

至于阿斯兰，海狸夫妇和孩子们一看见他就呆住了，不知道该做或该说什么。没有到过纳尼亚王国的人，往往会认为善良之物不可能使人感到惧怕。三个孩子如果从前这样想过，现在想法也纠正了。他们想看阿斯兰的脸，却在瞥见那金色的鬃毛和那双高贵威严、气势慑人的大眼睛后，发现自己不敢再正视他，并忍不住全身颤抖。

"去啊。"海狸先生低声说。

"不要，"彼得低声说，"你先。"

"不，亚当之子应该在动物前面。"海狸先生低声回应。

"苏珊，"彼得低声说，"你去怎么样？女士优先。"

"不要，你是大哥，大哥先。"苏珊低声说。当然，他们越是拖延推搡，就越觉得尴尬。最终，彼得自觉就是该由他带头。他拔出宝剑，举剑行礼致敬后，对其他人说："快点，打起精神一起过去。"然后他走到狮子面前，说：

"阿斯兰，我们来了。"

"欢迎，亚当之子彼得。"阿斯兰说，"欢迎，夏娃之女苏珊和露西。欢迎，海狸先生和夫人。"

他低沉而浑厚的声音以某种方式除去了他们的不安。他们这时全都感到快乐又平静，站在那里什么都不说也不觉得尴尬。

"第四个孩子在哪儿呢？"阿斯兰问。

"噢，阿斯兰，他想出卖他们，已经投靠白女巫去了。"海狸先生说。接着彼得不由自主地冲口说：

"阿斯兰，这件事我也有错。我对他发脾气，我想那使他一气之下误入了歧途。"

阿斯兰一言不发，既没有为彼得开脱，也没有责怪他，只是站在那里用那双恒定不变的大眼睛看着他。他们全都觉得，再没有什么可说的了。

"求求你——阿斯兰，"露西说，"有什么办法可以挽救爱德蒙吗？"

"尽一切努力吧。"阿斯兰说,"但这事可能会比你们想的更困难。"接着他又沉默了一阵子。之前,露西一直认为他的脸看起来无比高贵、强大又平和,这时她却突然觉得他看起来也很忧伤。不过,那忧伤的神情转瞬即逝。狮子甩甩鬃毛,拍拍手掌("要是他不懂得收爪子,"露西想,"这爪掌可太吓人了!")说:

"现在,让我们摆桌设宴吧。女士们,请带两位夏娃之女到帐篷去,好好照顾她们。"

女孩们走了之后,阿斯兰用前掌——虽然爪子收起来了,但它很重——按住彼得的肩头说:"来吧,亚当之子,我带你去远眺一下将来你要在那里做王的城堡。"

彼得手中仍握着出鞘的剑,跟随狮子走到山顶的东部边缘。一幅美景映入他们的眼帘。此时,他们背后正是夕阳西沉。也就是说,在他们底下的整片乡野都笼罩在黄昏的光晕里——森林、山丘和河谷,那条如银蛇般蜿蜒的,是大河的下游。越过这一切,数英里之外便是大海,越过大海,是云层满布的天空,那些云在夕阳的照耀下正转变成玫瑰色的晚霞。不过,就在纳尼亚的陆地与大海相接之处——事实上也就是大河的出海口——在一座小山丘上矗立着一个闪闪发亮的东西。它发亮是因为它是一座城堡,所有朝向彼得和夕阳的窗户都反射着落日的光辉,彼得觉得它像一颗在海边休息的巨大星辰。

"人类啊,"阿斯兰说,"那就是有四个王座的凯尔帕拉维尔城堡,你将坐在其中一个王座上为王。我将它指给你看,因为你是长子,你将成为在其他人之上的最高君王。"

彼得再次没有说话，因为那一刻一个奇怪的声音打破了寂静。它听起来像号角声，但更雄浑。

"那是你妹妹的号角声。"阿斯兰低声对彼得说，声音低得像猫在打呼噜，如果这么说不会不敬的话。

彼得一时之间没会意过来。接着，他看到所有的生物都开始朝前奔跑起来，又听到阿斯兰挥着手爪说："退开！让王子自己建立功业吧。"这下他明白了，并立刻拔脚拼命奔向帐篷。到了那里，他看见的情景真可怕。

树精灵和水精灵四散飞逃。露西撒开两条小短腿拼命朝他奔来，脸色白得像纸一样。接着，他看见苏珊冲向一棵树，飞身一跃上了树，后面追她的是一只庞大的灰色野兽。彼得起先以为那是一头熊。接着他看它像一只德国狼狗，但是体型却远远大过一只狗。然后，他才明白过来那是一匹狼——一匹用后脚站立的狼，它的前爪扑在树干上，背上的毛全竖起来，龇牙咆哮猛咬着。苏珊停在第二根大树枝上，没再往上爬。她的一条腿垂下来，以至于她的脚离那些狂咬的利齿只有一两寸。彼得想不通她为什么不爬高一点，或抓牢一点；接着，他明白过来，她快昏过去了，如果她昏过去，就会摔下来。

彼得并不觉得自己很勇敢，事实上，他觉得自己快要吐了。但是他该做的事还是得做，没什么差别。他对着那怪物直冲过去，挥剑砍向他的腰侧。不料一剑劈空。那匹狼闪电般转过身来，双眼冒火，张开血盆大口发出一声愤怒的嚎叫。如果它不是气到非要长嚎一声来泄恨，它早就立刻扑上去咬住彼得的咽喉了。如此一来——尽管这一切发生得太快，彼得根本来不及思考——他正好及时俯身，使尽全力一剑刺中了它。片刻之后，他发现那头怪兽已经死了，于是他拔回宝剑，挺直了背，抹掉脸上和眉眼上的汗，觉得整个人精疲力竭。

过了一会儿，苏珊从树上爬下来。她和彼得都感到非常虚弱，两人碰面时，不免又亲又哭又抱的。不过在纳尼亚不会有人觉得这么做很丢脸。

"快！快！"阿斯兰大喊道，"人马！大鹰！我看见树丛中还有另一匹狼。在那里——就在你们后面。他刚刚飞奔而逃了。你们快去追他。他会去找他的女主人。现在你们有机会找到女巫，救出第四个亚当之子。"他话才说完，立刻响起如雷似的蹄声和翅膀鼓动声，十几只速度最快的生物消失在聚拢的夜幕中。

还没喘过气来的彼得转过头，看见阿斯兰已经来到身边。

"你忘了把剑擦干净了。"阿斯兰说。

没错。彼得低头见那雪亮的剑刃上沾满狼毛和狼血，不禁涨红了脸。他弯腰先把剑在草地上尽量抹干净，然后再用他的大衣把它擦干。

"亚当之子，把剑交给我并跪下。"阿斯兰说。彼得照着做了之后，阿斯兰以剑面拍了他一下，说："起身吧，'狼之克星'彼得爵士。记住，无论发生何事，永远不要忘记擦干净你的宝剑。"

第十三章

来自创世之初的远古魔法

现在我们回头来看爱德蒙。他被迫走了很长的路，远比他所知道的任何人**能**走的路都要长。终于，女巫在一个被冷杉和紫杉覆盖的幽暗山谷里停下来。爱德蒙直接倒下，扑在地上什么都不做，只要他们肯让他这样趴着，他甚至不在乎接下来会发生什么事。他太累了，累到无心去想自己有多饿，有多渴。女巫和矮人在他身旁低声交谈。

"不，"矮人说，"噢女王，现在没用了。他们这时候肯定已经到了石桌了。"

"也许狼会循着气味找到我们，带来消息。"女巫说。

"即使他找来了，带来的也不会是好消息。"矮人说。

"凯尔帕拉维尔城堡有四个王座，"女巫说，"如果只坐了三个人呢？预言就无法实现了。"

"既然**他**都到了，那又有什么差别？"矮人说。即使到了现在，他也不敢在他的女主人面前提起阿斯兰的名字。

"他待不了多久的。等他走了——我们就进攻凯尔帕拉维尔那三个人。"

"那么最好留着这一个，"说到这里，矮人踢了爱德蒙一脚，"用来讨价还价。"

"是啊！然后让他被救走是吧。"女巫不屑地说。

"那么，"矮人说，"我们最好立刻动手做该做的事吧。"

"我想在石桌上动手，"女巫说，"那才是适当的地方。这种事向来都是在那里做的。"

"看来，要经过很长的时间以后，石桌才能再有适当的用途了。"矮人说。

"确实，"女巫说，"好，我要开始了。"

就在这时候，伴随着一阵奔腾和一声咆哮，一匹狼冲到他们面前。

"我看到他们了。他们全都在石桌那里，和**他**在一起。他们杀了我的队长毛格林姆。我躲在灌木丛里，看到了所有经过。一个亚当之子杀了他。快逃！快逃啊！"

"不，"女巫说，"不用逃。快去，召集我们所有的人马，尽快到这里来跟我会合。召唤巨人和狼人，还有站在我们这边的树精。召唤食尸鬼、骷髅怪、食人魔还有牛头怪。召唤凶残怪、老巫婆、亡灵和毒蕈族。我们要迎战。怎么？我手里不是还握着魔杖吗？他们的军队敢上来，不也会变成石头吗？快去，趁你离开这段时间，我在这里办完一点小事。"

那只巨兽鞠了一个躬，转身飞奔而去。

"好了！"她说，"我们没有桌子——让我想想。最好把他绑到树干上。"

爱德蒙感到自己被粗暴地拽了起来。接着矮人让他背靠着一棵树，将他牢牢绑住。他看见女巫脱掉外面的斗篷，露出里面光裸的两条胳膊，肤色白得吓人。正因为她的胳膊那么白，他才能看见它们，别的东西他几乎都看不清楚，这个漆黑树林笼罩下的河谷实在太暗了。

"准备好祭品。"女巫说。矮人上前解开爱德蒙的衣领，将衬衫领子往外折，露出脖子。接着他抓住爱德蒙的头发，把他的头往后扯，使他不得不抬起下巴。之后爱德蒙听到一种奇怪的声音——嗖嗖——嗖。他一时之间想不出这是什么声音。接着他明白了。这是磨刀声。

就在这千钧一发之际，他听见四面八方传来嘹亮的呐喊——擂鼓似的蹄声和翅膀的拍击声——女巫发出一声尖叫——他的周围一时之间一片混乱。接着，他感觉自己被松绑了，有强壮的臂膀抱住了他，有几个洪亮又和善的声音七嘴八舌地说着——

"让他躺下——给他一点酒——把这个喝了——现在躺着别动——你马上就会好多了。"

接着他听到大家又七嘴八舌地说话，不过不是对他说，而是相互交谈。他们说了些这类的话："谁抓到女巫了？""我以为你抓到她了。""我打掉她手上的刀以后就没见到她——我在追矮人——你是说她逃走了？""——一个人不可能同时操心所有事——那是什么？哦，对不起，只是个老树桩！"不过听到这里，爱德蒙就昏过去，完全不省人事了。

不一会儿，人马、独角兽、鹿和鸟（当然，它们就是上一章里阿斯兰派出的救援队）就带着爱德蒙一起动身返回石桌去了。不过，如果他们能看见离开之后那个山谷里发生的事，我想他们恐怕会大吃一惊。

一片死寂中，月亮变得更明亮了，如果你在场，你会看到月光照在一截老树桩和一块相当大的鹅卵石上。不过继续看，你会逐渐觉得这树桩和石头都很古怪。接着，你会发现树桩看起来非常像一个矮胖的男人蹲在地上。如果看的时间足够长，你会看见树桩走到大石头旁边，接着石头坐起来，开始跟树桩讲话。因为，树桩和石头实际上是女巫和矮人变的。把事物变成另一种模样，是她能施展的法术之一，当她的刀被击落的一刹那，她镇定地施展了这种魔法。她一直握着她的魔杖，所以它也得以保全。

第二天早晨，当其他孩子醒过来（他们睡在帐篷里的一堆垫子上），听见的第一件事就是——海狸太太告诉他们——他们的兄弟获救了，在昨天深夜被带回了营地，这时候和阿斯兰在一起。他们一吃完早餐就出了帐篷，他们看见阿斯兰和爱德蒙远离其余的随从，一起在露水晶莹的草地上散步。我不必告诉你们（也从来没有人知道）阿斯兰说了些什么，但这是爱德蒙终生难忘的一次对话。当三个孩子走近时，阿斯兰转过身，带着爱德蒙一起迎接他们。

"你们的兄弟回来了，"他说，"还有——不需要再跟他提起过去的事。"

爱德蒙分别与每个人握手，一一对他们说："对不起。"每个人都说："没关系。"接着，每个人都非常想说点什么——说点日常的、自然的话——来清楚表明他们与他重归于好，结果，没有人能想出任何话来说。就在他们快要开始感到尴尬的时候，一只豹子来到阿斯兰面前，说：

"陛下，有敌方的使者请求觐见。"

"让他过来。"阿斯兰说。

豹子离开，很快领着女巫的矮人回来。

"大地之子，你带来什么口信？"阿斯兰说。

"纳尼亚的女王暨孤独群岛的女王希望获得安全的保证，前来与你会谈，"矮人说，"讨论一件对你和她双方都有利的事。"

"纳尼亚的女王，真敢说！"海狸先生说，"简直太厚颜无耻了——"

"安静，海狸，"阿斯兰说，"万物很快就会重新正名，各归其主。眼前我们不必为此争论。大地之子，去告诉你的女主人，我会保证她的安全，条件是她要将魔杖留在那棵大橡树那里。"

矮人同意了，两头豹子随着矮人回去，监督事情按要求执行。"但是万一她把两头豹子变成石头呢？"露西小声跟彼得说。我想豹子本身也想到了这一点，总之，它们离开时背上的毛都竖起来，尾巴也都立起——就像猫见到陌生狗儿时的样子。

"没事的，"彼得小声回答，"要不然他不会派它们去的。"

几分钟后，女巫本人走上了山顶，径直走到阿斯兰面前站住。三个孩子没见过她，这时看见她的脸，都感到背脊发寒，在场的动物也发出低声的咆哮。虽然阳光明媚，但每个人都突然觉得冷起来。在场的只有两个人看起来很自在，就是阿斯兰和女巫自己。看见那两张脸——金色的脸和惨白色的脸距离如此之近，感觉真的很怪。海狸太太特别注意到，女巫并未直视阿斯兰的眼睛。

"你这儿有个叛徒，阿斯兰。"女巫说。当然，在场的每个人都知道她指的是爱德蒙。但是，爱德蒙在经历过这一切，并且早上和阿斯兰谈过话以后，已经不再只顾着自己了。他只是继续注视着阿斯兰。女巫说什么似乎都无关紧要。

"嗯，"阿斯兰说，"但他背叛的并不是你。"

"你忘了'远古魔法'吗？"女巫说。

"就当是我忘了吧，"阿斯兰严肃地回答，"告诉我们这'远古魔法'是什么吧。"

"告诉你们？"女巫说，声音忽然变得更加尖厉，"告诉你们你我身边立着的这张石桌上写的什么内容吗？告诉你们'奥秘山'的燧石上深深镌刻着的文字是什么意思吗？告诉你们海外大帝的权杖上刻了什么吗？你至少知道在太初之始给纳尼亚立下的'魔法'吧。你知道每个叛徒都归我，是我的合法猎物，每当背叛发生，我都有权处死背叛者。"

"噢，"海狸先生说，"我明白了。因为你是'大帝'的刽子手——所以你才自我幻想是个女王啊。"

"安静，海狸。"阿斯兰说着，发出一声很低的咆哮。

"所以，"女巫继续说，"那个人类是我的。他是我的财产。"

"那你就来拿啊。"人头牛身兽大吼着说。

"笨蛋，"女巫露出野蛮凶狠的笑容，几乎咆哮着说，"你真以为你的主人能够仅凭武力就夺走我的权利？他很清楚'远古魔法'是什么。他知道，除非我按照'律法'所规定，得到叛徒的性命，否则整个纳尼亚就会在烈火与大水中覆灭。"

"确实如此，"阿斯兰说，"我不否认。"

"噢，阿斯兰！"苏珊在狮子的耳边低声说，"我们难道不能——我是说，你不会这么做的，对吧？我们难道不能破解'远古魔法'吗？你有没有办法可以对付它？"

"对付'大帝'的魔法？"阿斯兰说着，转过头来看她，神情像是皱着眉头。于是，再也没有人敢向他提出那样的建议了。

爱德蒙站在阿斯兰的另一侧，始终看着阿斯兰的脸。他感觉有什么堵在胸口，心想自己是不是该说些什么；但是一会儿之后，他觉得这事没有他插嘴的余地，他只能等着，并按吩咐去做就好。

"你们全都退下吧，"阿斯兰说，"我要单独和女巫谈谈。"

他们都遵命退下。接下来这段时间真难熬——狮子和女巫低声认真商谈着，大家只能等待和胡思乱想。露西说："噢，爱德蒙！"然后开始哭起来。彼得背对其他人站立，眺望着远方的大海。海狸夫妇低垂着头，紧握着彼此的手爪。人马不安地跺着四蹄。不过，最后所有人都完全静下来，静到能听见很小的声音，比如一只大黄蜂飞过，或山下树林里的鸟鸣，或风吹树叶的沙沙细响。阿斯兰和白女巫仍在继续商谈。

终于，他们听见阿斯兰说："你们可以过来了。"他说："我已经把问题都解决了。她宣布放弃索取你们兄弟的性命。"整个山头响起一阵吐气声，仿佛每个人都在屏息等待，这时才开始呼吸，然后是一阵喃喃低语的谈话声。

女巫一脸狂喜转身要走，又突然停下来说：

"但是我怎么知道你会履行这项承诺？"

"嗷——啊——吼！"阿斯兰大吼，从他的王座上半站起身来，他那巨大的嘴越张越大，吼声也越来越响。女巫张大嘴巴呆看了半晌，拎起裙子飞快地逃命去了。

———— •·•·••·•·• ———— 第十四章 ———— •·•·••·•·• ————

女巫的胜利

女巫一走，阿斯兰就说："我们必须立刻离开这里，这地方另有他用。今晚我们在贝鲁纳浅滩扎营。"

当然，大家都非常想知道他跟女巫是怎么把事情谈妥的，但他脸上的神情很严肃，他的吼声还在大家耳中轰隆作响着，因此没有人敢去问他。

在山顶的开阔处吃过饭后（那时已经艳阳高照，草地都晒干了），他们忙了一阵子，拆掉帐篷，打包物品。两点钟不到，他们便出发朝东北方前进，因为目的地不远，他们走得从容愉快。

在前半段路程中，阿斯兰向彼得讲明他的作战方案。"女巫一办完她在这些地方的事，"他说，"她和手下八成会返回老巢，准备一场围攻。你也许有机会截住她，不让她返回城堡。"接着，他概述了两种作战方案——一个是在森林中和女巫及其党羽交战，另一个是攻击她的城堡。他一直不停地指导彼得如何领军行动，比如说些"你必须把你的人马部署在这几处地方"，或"你必须派一些侦察兵去注意她的动向"等，最后彼得终于忍不住说：

"但是，阿斯兰，你也会在场啊。"

"我不能保证我也会在。"狮子回答，然后继续给彼得更多指点。

后半段行程主要是苏珊和露西跟他在一块儿。他没怎么说话，她们感觉他似乎很忧伤。

还不到傍晚，他们就来到一处河谷开阔，河面宽广，水也清浅的地方。这就是贝鲁纳浅滩，阿斯兰下令在这河的这一岸扎营。但是彼得说：

"到对岸扎营不更好吗？以防她试图在夜间偷袭之类的。"

阿斯兰似乎在想着别的事，这时一抖他华丽的鬃毛回过神来说："呃？你说什么来着？"彼得又重复了一遍。

"不，"阿斯兰以一种呆板，仿佛无关紧要的声音说，"不会的。她不会在今晚发动攻击。"然后他深深叹了口气。不久之后又说："能这样考虑周全是对的。战士就该这样多方考虑。不过，真的不要紧的。"于是，他们开始扎营。

那天傍晚，阿斯兰的情绪影响了所有人。彼得想到自己将独自领军作战，感到非常不安，阿斯兰不会到场参战的消息，对他真是晴天霹雳。大家在沉默无言中吃完晚饭。所有人都感觉今晚的气氛跟昨晚，甚至今天早上，都大不相同。仿佛美好的时光才刚开始，就已经接近尾声。

这种感觉严重影响着苏珊，使她就寝之后一直睡不着。她躺在床上翻来覆去，数羊数了半天，这时听到身边的露西在黑暗中翻了个身，长叹了一口气。

"你也睡不着吗？"苏珊问。

"对。我还以为你已经睡着了。"露西说，"我说，苏珊！"

"什么事？"

"我有一种不祥的预感——好像我们即将大难临头似的。"

"你也这么觉得？事实上，我也这么觉得。"

"事情跟阿斯兰有关。"露西说，"要么是有很坏的事会发生在他身上，要么是他要去做很可怕的事。"

"整个下午他都很不对劲。"苏珊说，"露西！他说打仗时他不会在，是什么意思？你想，他会不会在今天晚上扔下我们偷偷溜走？"

"他现在在哪里？"露西说，"他在这个帐篷里吗？"

"我想他不在这里。"

"苏珊！我们到外面去看看，说不定能见到他。"

"好吧。我们走，"苏珊说，"反正这样躺着也没什么用。"

两个女孩在黑暗中蹑手蹑脚地，摸索着经过其他熟睡同伴，悄悄出了营帐。此时皓月当空，万籁俱寂，只听见河水从石头上潺潺流过。苏珊突然抓住露西的胳膊说："你瞧！"在营地远处，就在树林的边缘，她们看见狮子正在缓缓离开众人，进入树林里。她们不发一语，立刻跟了上去。

他领着她们爬上离开河谷的陡峭山坡，然后朝稍微偏右的方向走——这显然是她们当天下午从"石桌山丘"过来时走的那条路。他领着她们不断往前走，进入黑暗的阴影里，走到苍白的月光下，她们的双脚都被浓重的露水打湿了。不知为何，他看起来跟她们认识的阿斯兰不大一样。他垂着头，拖着尾巴，脚步很缓慢，仿佛非常、非常地疲倦。随后，当他们一行穿过一片开阔、没有阴影可以让她们藏身的空地时，他停下脚步转过身来。她们知道这时跑也没用，于是直接朝他走去。她们来到他跟前时，他说：

　　"哎，孩子们，孩子们，你们为什么要跟着我？"

　　"我们睡不着。"露西说——接着她确信自己什么都不用再说了，她们所思所想的一切，阿斯兰都知道。

　　"求求你，无论你要去哪里，请让我们跟你一起去好吗？"苏珊问。

　　"嗯——"阿斯兰说着，考虑了一会儿，然后说，"我很高兴今晚有人陪伴。好，如果你们能够保证，在我叫你们停下来时你们就停步，让我独自离开，那么你们就可以跟我去。"

　　"噢，谢谢你，谢谢你。我们保证听话。"两个女孩说。

　　他们又继续往前走，两个女孩分别走在狮子两旁。不过，他走得真是慢！他那巨大高贵的头颅低垂着，鼻子都快碰到草地上了。走没多久，他脚下一个踉跄，忍不住发出低低的呻吟。

　　"阿斯兰！亲爱的阿斯兰！"露西说，"你怎么了？能不能告诉我们？"

"亲爱的阿斯兰，你是不是生病了？"苏珊问。

"没事，"阿斯兰说，"我只是悲伤又孤单。你们把手放在我的鬃毛上吧，这样我就能感觉到你们的陪伴，让我们这样往前走。"

两个女孩打从看见他的第一眼开始，就渴望这么做，但是没经过他的允许，她们一直不敢冒犯；现在，她们把自己冰冷的手埋进他美丽又浓密的鬃毛里，轻轻抚摸他，伴随他往前走。不久，她们就随着他爬上山坡，石桌就在这座山丘上。他们从树林最密也最接近石桌的那一侧上山，等他们走到最后一棵树（周围还长了好些灌木丛）时，阿斯兰停下脚步，说：

"噢，孩子们，孩子们，你们必须停在这里。无论发生什么事，都要躲好，别让人看见你们。再会了。"

两个女孩哭得非常伤心（虽然她们不明白原因何在），她们紧紧贴住狮子，亲吻他的鬃毛、鼻子、手爪，以及他悲伤的大眼睛。接着，他转身离开她们，走出树林走上山顶。露西和苏珊蹲伏在灌木丛中，目送着他。这是她们接下来所看见的。

石桌周围站着一大群人，虽然月光明亮，仍有许多人拿着火把，燃烧出看起来很邪恶的红色火焰与一团团黑烟。但是，看看那群人有多怪异！满口獠牙的恶狼、牛头怪、邪恶树精和毒草精，还有一些怪物我就不描述了，因为我要是写了，说不定大人就不让你们看这本书了。事实上，所有这些站在女巫身边的党羽，就是恶狼按她的命令召集来的。而女巫本人就站在石桌旁，站在这一大群人的正中央。

这一大群妖魔鬼怪看见雄伟的狮子朝他们走过来时，全吓得语无伦次失声嚎叫，有那么片刻，连女巫都忍不住感到惊恐。接着，她恢复镇定，发出一阵尖声狂笑。

"笨蛋！"她大喊道，"笨蛋来了。把他牢牢捆起来。"

露西和苏珊屏住了呼吸，等候阿斯兰发出怒吼并朝他的敌人扑过去。但是，阿斯兰没这么做。四个老巫婆咧嘴狞笑，斜眼看着他，虽然一开始有些踌躇，对自己要做的事感到有点害怕，但还是畏缩着接近了他。"快把他捆起来！"白女巫再度下令。四个老巫婆朝他冲过去，发现他毫不反抗后，发出得意的尖叫。接着，其他人——邪恶的矮人和猿猴——都冲上去帮她们忙。众人将庞大的狮子推倒在地，令他四脚朝天，然后将他四足捆在一起。它们欢呼叫嚣，仿佛做了什么英勇的事。事实上，狮子要是愿意，只要一掌就能使它们全部毙命。但是他一声不吭，就连敌人拖他捆他，将绳子勒得死紧，他都没有出声。接着，它们开始把他拖向石桌。

"慢着！"女巫说，"先把他的鬃毛剪了。"

随着一个巫婆拿着大剪刀走上前，在阿斯兰的头旁边蹲下，她的爪牙们又爆出另一阵恶毒的狂笑。大剪刀咔嚓——咔嚓——咔嚓地响，大把大把金色的卷毛开始落到地上。等巫婆起身退开，两个躲在隐蔽处的孩子看见，阿斯兰的脸因为少了鬃毛变小了，而且看起来很不一样。敌人也看出了这个差别。

"哎呀，他就只是一只大猫咪嘛！"有人喊道。

"我们过去竟然会怕**那个**东西？"另一个说。

它们一拥而上围住阿斯兰，讥笑他，说一些这类的话："咪咪，咪咪！可怜的咪咪。"或是"蠢猫，你今天抓了几只老鼠啊？"还有"小猫咪，你想要喝一碟牛奶吗？"

"天啊，它们**怎么可以**这样？"露西说着，涌出的眼泪流下了脸颊，"这些坏蛋，大坏蛋！"现在，初时的震惊过去之后，阿斯兰那张没有鬃毛的脸，在她看来显得更勇敢、更美丽、更有前所未有的忍耐与宽容。

"给他戴上嘴套！"女巫说。即使到了这一刻，在它们忙着给他戴嘴套时，他只要张开嘴，就能一口咬下它们两三只手来。但他依然动也不动。这似乎激怒了那群乌合之众。所有人都扑了上去。那些在他被捆起来之后还是害怕靠近他的生物，也鼓起勇气扑上去，没一会儿，两个女孩就看不见他了——他被一众魔怪团团围住，它们对他又踢又打，不停吐唾沫，讥笑羞辱他。

最后，这群暴徒肆虐够了，它们开始又推又拉，把这只五花大绑又上了嘴套的狮子拖向石桌。他实在太庞大了，它们把他拉到石桌旁后，又费了好一番力气才把他抬上桌面。接着又捆上一大堆绳子并打了许多死结。

"这些懦夫！懦夫！"苏珊啜泣着说，"到了现在，它们**还**那么怕他吗？"

等到阿斯兰被牢牢绑在石板上（已经把他捆得像一大团绳索了）以后，在场群众一下子变得鸦雀无声。四个老巫婆拿着火把站到了桌子的四角。女巫像昨天晚上对付爱德蒙时一样，裸露出双臂，接着开始磨刀，但这次的对象是阿斯兰。在闪烁的火光照映下，两个孩子看见那把刀不是钢铁打造，而是石刀，并且刀的形状十分怪异和邪气。

终于，她走上前，站在阿斯兰的头旁边。她激动得脸都抽搐扭曲了，但是他只望着天空，依旧十分平静，既不生气也不恐惧，只是有些哀伤。接着，就在她下手之前，她俯下身来用颤抖的声音说：

"现在，你说谁赢了？笨蛋，你以为你这么做就能拯救那个人类叛徒吗？现在，我会依照我们的协定，让你代替他死，如此一来，那'远古魔法'的要求就能获得满足。但是，等你死了以后，还有什么能拦住我去杀他？**届时**还有谁能把他从我手中救出去？你明白了吧，你已经把纳尼亚永远交给我了，你牺牲了自己的生命，却没有救他一命。你就带着这些觉悟绝望而死吧。"

两个孩子没有真正目睹屠杀的那一刻。她们蒙上了眼睛，不忍再看下去。

第十五章

太初之前更古的魔法

两个女孩仍双手掩面蹲在灌木丛中，突然听见女巫大声喊道：

"好了！大家跟着我，去把这场战争的后半段打完！现在这个大笨蛋，这只大猫，已经死了，不用多久，我们就可以碾碎那些人类害虫和叛徒。"

两个孩子这时有几秒钟处于极大的危险中。因为那一大群卑鄙的乌合之众，在发出一阵狂野的呐喊，吹响尖锐的风笛和刺耳的号角之后，便从山顶横冲直撞而下，正好经过她们藏身的山坡。她们感觉幽灵像一阵阴风从身旁刮过，大地在牛头怪奔跑的双脚下震动；接着头顶上方一阵疾风扫过，那是一群黑压压的秃鹰和巨型蝙蝠的丑恶翅膀掀起的。若在平日，她们早就吓得发抖了，但是现在，她们满心都是阿斯兰的死所带来的悲伤、羞愧与惊骇，根本忘了要害怕。

等树林里一静下来，苏珊和露西就悄悄爬出灌木丛，上到开阔的山顶。月亮已经低垂，有几片薄云从她面前掠过，但是她们仍能看见狮子全身捆满绳索，横死在石板上的身影。她们两人跪倒在湿漉漉的草地上，亲吻他冰冷的脸，抚摸着他美丽的鬃毛——还有部分残存——放声恸哭到再也流不出眼泪。随后她们互相望着对方，仅仅因为孤单而紧握住对方的手，再次哭了起来；哭哭停停，又是一阵寂静。最后露西开口说：

"我受不了看到那个可怕的嘴套。不知道我们能不能把它解下来？"

于是她们动手去解。两人费了好一番工夫才成功解下嘴套（因为她们的手指都冻僵了，这时又是长夜里最黑暗的时刻）。当两人看见他裸露出来的脸，忍不住又放声恸哭。她们亲吻他，抚摸他，同时尽可能擦干净他脸上的血迹和白沫。那种更孤单、更绝望又更骇人的情景，我真不知道该如何描述。

过了一会儿，苏珊说："不知道我们能不能解开他身上的绳子？"但是，出于纯粹的恶毒，那群敌人把绳索捆得极紧，两个女孩根本解不开那些死结。

我希望阅读本书的人，都不曾经历过苏珊和露西那天晚上经历到的痛苦；不过，要是你经历过——要是你曾经彻夜不眠，恸哭到再也没有一滴泪水可流——你就会知道，到最后你会感觉到一种平静。你会觉得再也不会有事发生了。无论如何，这就是她们两人当时的感觉。在这死寂的呆滞中，时间一个钟头又一个钟头流逝，她们几乎没感觉到自己越来越冷。不过，最后露西还是注意到两个异样。一是山丘东边的天际没有几个钟头前那么黑了。一是她脚边的草地上有些小东西在动。起初她对这些变化和动静毫无兴趣。那又怎么样？现在什么都无所谓了！不过，不管那是什么东西，她终于还是注意到它们开始爬上石桌的桌脚。接着，那些小东西开始在阿斯兰身上爬来爬去。她凑近细看，是一些灰色的小生物。

"呃！"苏珊从石桌的另一边说，"真可恶！有一群讨厌的小老鼠爬到他身上去了。走开，你们这些小坏蛋。"她举起手来想把它们吓走。

"等等！"一直仔细盯着它们的露西说，"你看出来它们在干吗？"

两个女孩都弯下腰，目不转睛看着。

"我真不敢相信——"苏珊说，"但是太奇怪了！它们正在一点一点地啃绳子！"

"我也这么认为。"露西说，"我认为它们是好老鼠。可怜的小东西——它们不懂他已经死了。它们以为解开绳子能让他好受一点。"

现在天色绝对更亮了。两个女孩头一次注意到彼此的脸色有多么苍白。她们能看清楚那些小老鼠继续在啃咬，有好几十只，甚至上百只的小田鼠在忙着。最后，那些绳索一根接一根，终于全部被咬断了。

东边天际这时已经泛白，星星开始隐没——只有接近东方地平线那儿，还有一颗硕大的星星在闪亮着。她们感觉更寒冷了，比之前整夜都更冷。那些小田鼠都悄悄地爬走了。

两个女孩把咬断的绳索从阿斯兰身上清理掉。没了绳索，阿斯兰看起来比较像他原来的模样了。随着天色渐亮，她们也看得更清楚，他那张没有生命的脸越来越显得高贵。

她们背后的树林里传来咯咯一声鸟啼。经过数小时的寂静，这声音把她俩都吓了一跳。接着有另一只鸟啁啾和鸣。不一会儿，整座山头都是小鸟鸣唱的歌声。

现在，黑夜已经过去，黎明到来了。

"我好冷啊。"露西说。

"我也是。"苏珊说，"我们起来走动一下吧。"

她们走到山顶东边的边缘，往下俯瞰。那颗硕大的星星已经差不多消失了。整个乡野看起来一片灰暗，再过去，在这乡野的尽头，是灰白的大海。天空开始转红。她们在死去的阿斯兰和东边山脊之间来来回回走了数不清多少趟，只为了使身体暖和起来；噢，还有，她们走得腿酸死了。终于，她们停下片刻，朝着大海和凯尔帕拉维尔城堡（现在她们可以辨识出它的轮廓了）眺望时，沿着海天交界处的地平线开始由红转成金黄，朝阳也慢慢冒出了头。就在这时候，她们听见背后传来一声巨响——一个震耳欲聋的巨大爆裂声，就像有个巨人摔破了一个巨大的盘子。

"那是什么声音？"露西说着，紧紧抓住了苏珊的手臂。

"我——我不敢回头去看，"苏珊说，"有可怕的事情发生了。"

"它们在对他做更恶劣的事。"露西说,"走!"她转身,拉得苏珊也跟着转身。

太阳的升起,使万物都变了模样——所有的颜色和阴影都变了,以至于她们一时之间没看见最重大的变化。接着,她们看到了。那声巨响是石桌从头到尾裂成了两半,阿斯兰不见了。

"噢,噢,噢!"两个女孩大喊着,朝石桌冲了过去。

"噢,这真是**太**糟糕了。"露西呜咽着说,"它们连尸体都不放过。"

"是谁干的?"苏珊大喊,"这是什么意思?又是魔法吗?"

"是的!"她们背后响起一个洪亮的声音说,"这是更高深的魔法。"她们转过身去。阿斯兰站在那里,正摆头甩动他的鬃毛(已经全都长回来了),在朝阳中全身闪闪发亮,个头比她们之前所见的更庞大。

"噢,阿斯兰!"两个孩子大叫,仰头瞪大眼睛看着他,心里又是高兴又是害怕。

"亲爱的阿斯兰,你不是死了吗?"露西说。

"现在不是了。"阿斯兰说。

"你该不是——不是个——?"苏珊以颤抖的声音问。她鼓不起勇气说出**鬼**这个字。阿斯兰低下他满是金色鬃毛的头,舔了舔她的前额。他温暖的气息和充盈在毛发中的那股浓郁的气味,立刻笼罩了她整个人。

"我看起来像鬼吗?"他说。

"噢，你是真的，你是真的！噢，阿斯兰！"露西喊道，两个女孩一起扑到他身上，拼命亲吻他。

"可是，这到底怎么回事呢？"当她们都平静下来之后，苏珊问。

"事情是这样的，"阿斯兰说，"虽然女巫知道有'远古魔法'，但是她不知道还有一个更古老的魔法：她的知识只能回溯到太初，时间之始。但是，如果她能知道得更远一点，能进入太初之前的那片寂静与黑暗中，她就会知道，那里还有一个不同的咒语。她将知道，如果有一个不曾背信弃义的无辜者，自愿代替叛徒而死，那么，石桌就会断裂，死亡就会倒转，死者会重新复活。现在——"

"噢对。现在呢？"露西乐得跳上跳下拍着手说。

"哦，孩子们，"狮子说，"我感觉我的力气已经恢复了。哦，孩子们，看你们能不能抓到我！"他在原地站了片刻，抖动四肢，双眼炯炯发亮，尾巴左右大力甩动拍打在身上。接着，他纵身一跃，越过她们头顶，落在石桌的另一边。露西大笑着爬过石桌去追他，虽然她不明白自己为什么笑。阿斯兰又跳走了。一场疯狂的追逐嬉戏就此展开。他领着她们在山顶上跑了一圈又一圈，有时远得让她们完全追不上，有时又近得让她们几乎可以抓到他的尾巴，有时俯身从她们中间蹿过去，有时又用他收起爪子的美丽大掌将她们抛到空中再接住，这时，他出其不意地停下来，使他们仨全撞成一团，哈哈大笑着一起滚倒在地，只见一堆毛啊胳膊啊腿啊滚成一团。与狮子这样嬉闹，除了在纳尼亚，别处不可能见着，而这到底像是在跟暴风雨玩耍，还是跟小猫咪玩耍，露西也说不清楚。有趣的是，最后他们仨一起躺在阳光下喘息时，两个女孩丝毫不觉得累，也不觉得饿或渴。

"好啦，"过了一会儿阿斯兰说，"该办正事了。我要大吼了，你们最好用手指把耳朵塞住。"

她们照着做了。阿斯兰起身，他张开嘴咆哮时，脸变得非常可怕，她们吓得都不敢看他。她们看见他前方所有的树，都像草原上遭到风吹的草一样，在咆哮的气浪中弯下了腰。然后他说：

"我们有一段很长的路要走。你们得骑在我背上才行。"他趴下身子，两个孩子爬到他温暖、金色的背上，苏珊坐在前面，双手抓紧鬃毛，露西坐在后面，紧紧抱着苏珊。她们感觉整个人猛一起伏，是他起身了，接着便如疾箭射出，比任何奔马更快，眨眼冲下山丘进入浓密的森林中。

这趟骑行，或许是她们在纳尼亚经历过最美妙的事。你曾经策马飞奔过吗？不妨在脑海中想一下，然后试着去掉沉重嘈杂的马蹄声和马嚼子的叮当响，换成几乎落地无声的巨大脚掌。然后再把或黑或灰或栗色的马背，换成柔软起伏的金毛，以及在风中朝后飞扬的狮鬃。接着，再想象你行进的速度是最快的赛马的两倍。但是，你的坐骑不需要你引领方向，也永远不会感到疲惫。他不停地向前奔驰，从未失足，也从未迟疑，一路上他以完美无瑕的技巧穿梭在树干之间，纵身越过灌木、荆棘和小溪，涉过河流，游过最大的一条河。而你不是骑在道路上或公园里，甚至不是在丘陵上，你是在春意盎然的时节里横越纳尼亚王国，奔过成排山毛榉的庄严大道，横过阳光普照的橡树林间空地，穿过枝头雪白的野生樱桃树果园，经过咆哮轰鸣的瀑布、长满苔藓的岩石、回声袅袅的山洞，爬上风很强劲但长满一簇簇金雀花丛的山坡，越过长满石楠的山肩，沿着令人头晕的山脊奔跑，再一路不断往下冲、冲、冲，再次进入荒莽的河谷，来到遍野盛放的蓝色花海中。

将近正午时，他们来到一个陡峭的山坡上，向下俯瞰着一座似乎全是尖塔构成的城堡——从他们所在的地方望去，它看起来就像一个小玩具城堡。但是狮子以惊人的高速往下冲，因此城堡每分每秒都在变大，她们还没来得及想明白这是什么地方，就已经来到面对它的平地上了。现在它阴森耸立在他们面前，看起来已经不像玩具城堡了。城垛上不见守卫，城门也紧闭着。然而阿斯兰像一颗子弹一样朝它直冲过去，一点也没放慢脚步。

"这就是女巫的巢穴！"他喊道，"孩子们，注意抓紧了。"

下一刻，整个世界似乎颠倒过来，两个孩子感觉自己马上就被甩出去了，因为狮子这蓄满全力的腾空一跃，比他以往任何一次跳跃都更高——说飞还比较恰当——直接飞越过了城墙。两个女孩惊得几乎停止了呼吸，但是毫发无伤。她们从狮子背上滚落下地，发现自己来到一个宽阔的石头大院里，院中摆满了石像。

第十六章

石像复活

"好奇特的地方！"露西喊道，"那么多石头动物——还有石头的人！这就像——就像个博物馆嘛。"

"嘘，"苏珊说，"阿斯兰正在忙呢。"

阿斯兰确实正在忙。他已经跃到那头石狮子前，朝它吹了一口气。接着分秒未停一个转身——简直就像一只追逐自己尾巴的猫咪——朝几尺外那个背对着狮子站立的石头矮人（你还记得他吧）吹了一口气。接着他跃向矮人前方一个高挑的树精灵石像，随即转身处理他右边的一只石兔，再冲向两只人马。就在那时，露西说：

"噢，苏珊！快看！快看那狮子。"

我想你见过有人擦着一根火柴，去点燃壁炉中尚未燃烧的木柴上一片架好的报纸。刚开始的时候，似乎什么也没发生，接着你注意到有一条细小的火线沿着报纸边缘逐渐蔓延开去。

现在的情况就像那样。阿斯兰一口气吹向石狮子以后，刚开始它看起来毫无变化。接着，有一条细小的金线开始沿着它白色大理石的背脊往后跑，接着扩散——然后，就像火焰舔舐整片报纸，那金色也舔遍它全身，接下来，虽然那只狮子的后半身明显还是石头，他已经开始甩动鬃毛，所有那些沉重的石头皱褶如涟漪般波动着，变成活生生的毛发。接着，他张开温热鲜活的血盆大口，打了一个大大的呵欠。这时，他的后腿已经恢复生命。他抬起一条后腿给自己搔痒。接着他看到了阿斯兰，立刻跃过去追随他，围着他蹦蹦跳跳，发出喜悦的呜咽声，还扑上去舔他的脸。

两个孩子的目光当然跟着那只狮子打转，她们所见的景象实在太奇妙了，以至于很快就把**他**忘了。到处都是活过来的石像。整个庭院已经不再像个博物馆，反而像个动物园了。动物们跟在阿斯兰后面跑，围着他手舞足蹈，最后他几乎被淹没在群众中。整个死白的庭院这时也被缤纷的色彩所取代：人马光泽闪亮的栗色腰腹，独角兽的靛青色兽角，鸟儿们色彩斑斓的羽毛，红棕色的狐狸、狗儿和萨提尔，穿黄袜子戴猩红兜帽的矮人；一身银白的白桦树姑娘，透明嫩绿的榉木姑娘，还有全身青翠到几近明黄色的落叶松姑娘。原来一片死寂无声的庭院，现在到处回荡着快乐的声音：狮吼、驴叫、犬吠、尖叫、咕咕鸟鸣、马嘶、跺脚声、呼喊声、欢呼声、歌声和笑声。

"噢！"苏珊以一种不同的语气说，"快看！我想——我是说，这样安全吗？"

露西望过去，看见阿斯兰正往石头巨人的脚上吹一口气。

"没事。"阿斯兰快乐地高喊道，"一旦脚恢复了，他其余的部分也会恢复的。"

"我不是那个意思。"苏珊悄悄对露西说。但是，就算阿斯兰明白也听从她的意思，这时也来不及了。变化已经蔓延到巨人的双腿了。现在他开始挪动双脚。一会儿之后，他举起搁在肩膀上的大棒子，揉揉眼睛说：

"我的天啊！我一定是睡着了。咦！那个在地上东奔西窜的可恶小女巫哪儿去了？刚才还在我脚边的嘛。"大家全仰头拉大嗓门吼着给他解释真正发生了什么事，巨人把手附在耳边，让他们全部重新说一遍，最后他终于明白了，然后深深鞠了个躬，头低到都快碰到干草堆顶了，同时用手连连触着帽檐，向阿斯兰致敬，他诚恳的丑脸上满满都是笑容。（如今，无论哪个种族的巨人，在英国都非常罕见了，而好脾气的巨人更罕见，十个巨人里你难得见到一个脸上这么笑眯眯的。这情景真的非常值得一看）

"现在，该查看这座屋子了！"阿斯兰说，"大家打起精神来。楼上楼下还有女巫的卧室！每一个角落都不可遗漏。有些可怜的囚犯可能被藏在你想都想不到的地方。"

他们一窝蜂冲进室内，不过几分钟时间，整个黑暗、可怖、腐臭的古堡里，就处处回响着推开窗户的声音和大家此起彼落的叫喊："别忘了查看地牢——这道门帮我们拉一把！这里还有一道小螺旋梯——噢！这里有一只可怜的袋鼠。快叫阿斯兰来——咳！这里的味道真臭——注意那些暗门——快上来！楼梯平台上还有好多！"但最棒的一刻是露西冲到楼上后大喊：

"阿斯兰！阿斯兰！我找到图姆纳斯先生了。噢，拜托你快来啊。"

片刻之后，露西和小人羊已经互相手拉手跳起舞来，欢喜快乐地转了一圈又一圈。这小伙子虽然曾经被变成石像，性情倒还是一样，对所有露西告诉他的事都非常感兴趣。

最后，搜查女巫老巢的行动结束了。整座城堡变得空荡荡的，所有的门窗全都敞开着，明亮的光线和春天甜美的气息，如潮水般涌入每个黑暗与邪恶的地方，那些地方太需要光明与春天了。所有恢复自由的石像全部涌回庭院。这时，有人（我想是图姆纳斯先生）率先开口说：

"但是我们要怎么出去呢？"之前阿斯兰是直接跳过城墙进来的，庭院的大门依旧锁着。

"没事，能解决的。"阿斯兰说。接着他的后腿人立而起，仰头对巨人喊道："嗨！上面那位。"他吼道："你叫什么名字？"

"启禀阁下，我是巨人轰隆八方。"巨人说，再次手触帽檐向阿斯兰致敬。

"好，巨人轰隆八方，"阿斯兰说，"你能设法让我们出去吗？"

"没问题，阁下。这是我的荣幸。"巨人轰隆八方说，"你

123

们这群小东西，都离大门远一点。"然后他大步走到门前，抡起他的大棒子砰——砰——砰——砸下去。第一棒下去，大门嘎吱作响；第二棒，大门发出破裂声；第三棒，大门碎裂垮塌。接着他抱住大门两旁的塔楼使劲绞扭撼动，几分钟后，两座塔楼并两边大块墙体都轰然倒塌，成为一堆无用的石砾。等到弥漫的烟尘散开，照眼的景物太奇怪了，众人站在那干枯、冷酷的石头庭院里，穿过倒塌的开口，看见的是一片青翠的草地、随风摇曳的树木、森林中波光粼粼的溪流，以及远处的青山和山那边蔚蓝的天空。

"要不是会搞得一身汗臭，我就把它全毁了。"巨人像个超大的火车头呼呼喘着气说，"身体状况变差了啊。我想，两位年轻小姐身上有没有带着手帕呢？"

"有，我有。"露西说着拿出手帕，踮起脚尖尽量伸长手递给他。

"谢谢你，小姑娘。"巨人轰隆八方弯下腰来说。下一刻，露西简直吓坏了，因为巨人用两根手指把她拎到了半空中。但是，就在她贴近他的脸时，他突然吓了一跳，接着将她轻轻放回地面，一边嘴里咕哝着说："我的天！我竟然把小姑娘给拎起来了。我真是抱歉啊，小姑娘，我以为你是那块手帕！"

"没事，没事，"露西笑着说，"手帕在这里！"这次他总算小心拿到手帕，但这手帕对他来说，就像你手里一个小糖片那么大，因此，当露西见他一本正经地用那条小手帕在自己又大又红的脸上来回擦拭时，她忍不住说："轰隆八方先生，这块手帕恐怕对你没什么用。"

"别这么说。别这么说。"巨人礼貌地说,"我从来没用过这么好的手帕。这么精巧,这么好用。这么——我都不知道该怎么形容它了。"

"这个巨人真是好呀!"露西对图姆纳斯先生说。

"噢,是的。"人羊回答,"八方家族向来如此。他们是纳尼亚王国最受尊敬的巨人家族之一。他们或许不大聪明(我还没见过聪明的巨人),不过是个非常古老的家族。他们有传统,你明白吧。如果他是别的巨人族,她就不会把他变成石头了。"

这时,阿斯兰拍拍手爪,要大家安静。

"我们今天的工作还没做完,"他说,"如果要在今晚睡前彻底击败女巫,我们就必须立刻找出战场的位置。"

"我希望我们也加入作战,先生!"最高大的人马补充说。

"当然。"阿斯兰说,"现在!那些速度跟不上的——也就是孩子、矮人还有小动物——必须骑在那些速度快的动物背上——也就是狮子、人马、独角兽、马匹、巨人和老鹰背上。那些嗅觉灵敏的动物跟我们狮子一起走在前面,嗅出战场的位置。大家打起精神来,各自归到自己的位置。"

大家在好大一阵喧闹和欢呼中完成了就位。群众中最开心的是另一只狮子,他假装非常忙碌地前后左右到处跑,其实是为了去跟每个动物说:"你听见他说的话了嘛。**我们狮子**。那是指他和我。**我们狮子**。我就是喜欢阿斯兰这一点。不偏不倚，不会自认为高人一等。**我们狮子**。那是指他跟我。"

大家都准备好之后（事实上，阿斯兰是靠一条大牧羊犬帮忙，才让他们各就各位），他们便穿过城墙上的缺口出发了。一开始，狮子和狗儿不停向四面八方嗅闻。接着，突然有一只大猎犬嗅到了味道，并发出一串吠叫。大家分秒必争。很快所有的狗、狮子、狼和其他的狩猎动物，都以鼻子贴近地面全速奔驰，所有其他动物在后面拖了半英里长，都尽力以最快速度跟上。这支队伍发出的喧闹声比英国的猎狐队伍更胜一筹，因为不时可以听见猎狗的吠叫混合着另一只狮子的吼叫，有时候还加上阿斯兰自己更深沉更可怕的咆哮。随着气味越来越容易追踪，他们也越跑越快。接着，就在他们转过这个狭窄、蜿蜒的河谷的最后一个弯时，露西听到了一种盖过所有这些喧闹的另一种喧闹声——一种不一样的声音，令她不由得心里发毛。那是一种混合了呐喊、尖叫和金铁交击的杀伐声。

接着，他们冲出了狭窄的河谷，她马上看见了声音的来源。彼得、爱德蒙和阿斯兰余下的军兵，正在拼死对抗她昨晚看见的那群恐怖生物。只不过，在光天化日之下，它们看起来更怪异、更邪恶，也更畸形丑陋。它们的数量似乎比昨晚多得多。彼得的军队——正好背对着她，看起来少得可怜。战场上东一个西一个到处都是石像，女巫显然曾经使用过魔杖。不过，她现在没用魔杖了。她正使用石刀和彼得打得难分难解——双方打斗极其激烈，露西简直看不清楚交战过程。她只看见石刀和彼得的剑翻飞闪耀，看起来就像有三把刀和三把剑在打斗。他们俩位于战场中心，双方的战线一路拉开，激烈交战着。无论她往哪里望去，都是一片恐怖的景象。

"孩子们，快下去。"阿斯兰大喊。她们俩赶紧翻下狮背。接着，这头巨兽发出一声使整个纳尼亚从西边的路灯柱到东边的海岸都感到震动的怒吼，然后他纵身一跃，扑到白女巫身上。露西看见女巫抬起头来望见阿斯兰的一刹那，脸上露出又惧怕又惊讶的神情。接着狮子和女巫就在地上滚成一团，女巫被压在了底下。与此同时，阿斯兰从女巫家带出来的所有好战生物，全都疯狂地冲向敌人的阵线，矮人拿着斧头，猎狗露出利牙，巨人举起他的大棒子（他的大脚也踩死了十几个敌人），独角兽用它们的角，人马用宝剑和马蹄。彼得那支疲累的军队顿时欢声连连，士气大振，新来的援军呐喊冲杀，敌人尖厉嘶吼，叽里咕噜口齿不清地怪叫着，直到整座森林都回响着攻击厮杀的喧嚣。

第十七章

追猎白雄鹿

他们赶到之后，这场战役在几分钟内就结束了。大部分敌人在阿斯兰和他同伴的第一波攻击中丧命；那些还活着的，看见女巫丧命后，不是投降就是赶紧逃命。露西回过神来，就看见彼得和阿斯兰在握手。彼得这时看上去的模样让她有些陌生——他的脸很苍白，又很严厉，使他看起来成熟了好多。

"阿斯兰，这全是爱德蒙的功劳。"彼得说，"要不是他，我们早就被打败了。女巫把我们的战士东一个西一个都变成石头。但是谁也挡不住爱德蒙，他杀出一条血路冲向女巫，那时她刚把你的一只猎豹变成石像。爱德蒙一冲到她面前，很明智地立刻挥剑砍断她的魔杖，而不是直接攻击她，害自己也变成石像受罪。那就是所有其他人所犯的错误。女巫的魔杖断了以后，我们才开始有了一点机会——可惜我们已经失去太多战友了。爱德蒙伤得很重，我们必须快点去看他。"

爱德蒙正由海狸太太照护着，躺在战线后方不远处。他浑身是血，张着嘴，脸色惨白到发青。

"快，露西。"阿斯兰说。

这时，露西才第一次想起她获得的圣诞礼物，那瓶珍贵的甘露。她的双手颤抖得太厉害，一直拔不开瓶塞，最后她还是拔开了，并往她哥哥的口中倒了几滴。

"还有其他的伤者等待救治。"阿斯兰说。那时她仍急切地盯着爱德蒙惨白的脸，怀疑甘露是否真的有效。

"好啦，我知道。"露西不高兴地说，"再等一下嘛。"

"夏娃之女，"阿斯兰严肃地说，"其他伤者也在垂死边缘。难道要让**更多人**因爱德蒙而死吗？"

"对不起，阿斯兰。"露西说，连忙起身跟着他走。接下来半小时，他们俩都非常忙碌——她忙着照顾伤员，他忙着把那些变成石头的战士恢复生命。等到她终于忙完回到爱德蒙身边，竟看见他已经站起来了，不但身上的伤已经痊愈，而且看起来比之前变好很多——噢，太久没看到这样的爱德蒙了；事实上，从他到那间可怕学校的第一个学期起，他就开始变坏了。这时的他又恢复了真正的自己，能坦然正视你的脸了。阿斯兰就在战场上封他为骑士。

"他知道阿斯兰为他做了什么事吗？"露西小声对苏珊说，"他知道阿斯兰跟女巫协议的真正内容吗？"

"嘘！当然不知道。"苏珊说。

"难道不应该告诉他吗？"露西说。

"噢，绝对不能。"苏珊说，"这对他来说太可怕了。想想看，如果你是他，你会有什么感觉？"

"我还是觉得他应该知道。"露西说。不过，这时她们的交谈被打断了。

那天晚上他们就在原地过夜。阿斯兰是怎么给全体人员张罗到饭食的，我不知道。无论如何，他们大家在晚上八点钟左右，全坐在草地上享用了丰盛的茶点。第二天，他们开始沿着那条大河向东迈进。第三天大约下午茶的时间，他们抵达了大河的出海口。坐落在小山丘上的凯尔帕拉维尔城堡高高耸立在他们上方，在他们面前的是沙洲、错落的岩石、小小的海水坑、海藻、大海的气息，以及一望无际的蓝绿波涛永不停息地拍打着海岸。噢，还有海鸥的鸣叫！你听过海鸥的叫声吗？你还记得吗？

那天晚上，四个孩子吃过茶点以后，再次设法下到海滩上。他们脱了鞋袜，让光裸的脚趾感受那些柔软的细沙。不过，第二天就十分严肃了。因为，那天在凯尔帕拉维尔城堡的大殿里——这座美轮美奂的大殿有象牙的屋顶，西边墙上悬挂着孔雀羽毛，东边的大门朝向大海——在号声齐鸣与所有朋友的见证下，阿斯兰庄严地为他们加冕，并领他们登上四个王座，众人响起了震耳欲聋的欢呼："彼得国王万岁！苏珊女王万岁！爱德蒙国王万岁！露西女王万岁！"

阿斯兰说："一旦在纳尼亚王国登基为国王或女王，就永远是这王国的国王和女王。好好担负起责任吧，亚当之子！好好担负起责任吧，夏娃之女！"

这时，从敞开的东边大门外，传来了雄人鱼和美人鱼的歌声，他们游到海岸附近，高歌着向新任国王和女王致敬。

就这样，孩子们坐在王座上，手里握着权杖，开始奖赏并表彰所有的朋友：人羊图姆纳斯、海狸夫妇、巨人轰隆八方、两只猎豹、善良的人马、善良的矮人及另一只狮子。那天晚上，众人在凯尔帕拉维尔城堡中举行了一场盛大的宴会，尽情狂欢与跳舞，席上金杯闪耀，美酒不断，而大海中的子民也以更奇异、更甜美、更动人心弦的歌声来回应城堡中悠扬的音乐。

但是，在这一片欢乐当中，阿斯兰悄悄地离开了。两位国王和两位女王发现他不见了之后，也没声张。因为海狸先生已经预先告诉过他们。"他总是这样自由来去。"他说，"前一天你还看见他，隔天他就不见了。他不喜欢被绑住，他也有别的王国要照顾。没事的。他会经常突然来访。只是你们千万别强迫他。你们也知道，他性子很野的。他不是一只**温驯**的狮子。"

现在，如你所见，故事已经接近（尚未完全到达）尾声了。两位国王与两位女王把纳尼亚王国统治得很好，国家长治久安，百姓生活幸福。统治初期，他们花了许多时间搜寻白女巫的余党，将它们一一歼灭。的确，有很长一段时间，他们经常听到有邪恶生物潜藏在森林深处的消息——它们在这里出没，在那里杀戮，这个月瞥见狼人的身影，下个月谣传老巫婆出没。不过，到最后，所有这些妖孽全部都被肃清了。他们制定了良好的法律，维护和平，拯救树林避免遭到乱砍滥伐，将矮人和萨提尔的孩童从学校解放出来，温和制止那些多管闲事和干涉他人的人，鼓励想要安居乐业的普通人们能够和平共存。他们逐退了那些越过疆界侵入纳尼亚北部的凶猛巨人族（它们跟巨人轰隆八方大不相同）。他们与海外一些国家建立邦交，结为同盟，互相进行国事访问。随着岁月流逝，他们自己也逐渐长大成人。彼得长成一个身材高大、胸膛厚实的男人，同时也是一个伟大战士，人们称他为"雄伟的彼得国王"。苏珊长成一个高挑优雅的女子，一头乌黑的长发垂落到地，海外各国的国王开始派遣使节前来向她求婚，人们称她为"温柔的苏珊女王"。爱德蒙长成一个比彼得更严肃与沉默的人，并且擅长主持会议和做决断，人们称他为"公正的爱德蒙国王"。至于露西，她始终一头金发，总是活泼快乐，左右邻国所有的王子都渴望能够娶她做王后，而她自己的臣民称她为"英勇的露西女王"。

他们就这样快乐无比地生活着，即使偶尔记起自己在另一个世界的生活，也只像一个人记起自己的梦一样。有一年，图姆纳斯（现在他已经是一只中年人羊，身材开始发福了）沿河而下前来拜访，给他们带来白雄鹿又在他家附近出现的消息——谁能捉到白雄鹿，它就能实现谁的愿望。因此，两位国王和两位女王率领宫中的重要成员，骑上骏马，带着号角与猎犬向"西方野林"出发，去追踪白雄鹿。出猎没多久，他们就见到它的踪影。白雄鹿以惊人的速度领着他们越过山岭和平地，穿过密林和疏林，直到所有大臣的马匹都累垮了，只剩下他们四人还紧追不舍。他们看见白雄鹿钻进了一片灌木丛，他们的马追不进去了。彼得国王说（他们当国王和女王太久了，这时说话的风格很不一样了）："美丽尊贵的伙伴们，现在让我们下马，进入灌木丛去追那只野兽吧，我这一生从来没有猎捕过一只如此高贵的猎物。"

"阁下既然这么说，"其他三人说，"我们就追吧。"

他们都下了马，将马拴在树上，徒步进入密林。他们才一走进去，苏珊女王就说：

"尊贵的朋友们，这里有件惊奇的事，我似乎看见有一棵铁做的树。"

"苏珊女王，"爱德蒙国王说，"如果你好好仔细看，就会看出它是一根铁柱，顶上还装了一盏灯。"

"我以狮子的鬃毛起誓，这东西确实奇怪。"彼得国王说，"把一盏灯安置在周围环绕着那么浓密的树林里，这些树比它高那么多，就算灯亮着，也不会有人看见灯光啊。"

"彼得国王，"露西女王说，"很可能当初安装这根柱子和灯的时候，这里的树木都还很小，或很少，或根本没有树。因为这是一片新生的树林，而这根铁柱已经很老旧了。"他们站在那里仰头看着它。然后，爱德蒙国王说：

"我不知道怎么回事，但是柱子上这盏灯给我一种很奇怪的感觉。我心里觉得自己以前见过类似的东西，就好像是在梦里见过，或在梦里的梦里见过。"

"阁下，"另外三人回答，"我们也有同样的感觉。"

"还有，"露西女王说，"我心里有个挥之不去的念头，如果我们越过这根柱子和灯，我们将会有奇异的冒险，或命运遭遇重大的改变。"

"露西女王，"爱德蒙说，"我心里也有同样的预感。"

"我也是，亲爱的兄弟。"彼得国王说。

"我也是。"苏珊女王说，"因此，依我看，我们应当悄悄返回拴马的地方，别再继续追捕那只白雄鹿了。"

"苏珊女王，"彼得国王说，"请恕我直言。自从我们四人在纳尼亚登基做王以后，凡是我们着手进行的任何大事，诸如作战、探险、比武竞技、审定法案等等，从来不曾半途而废。我们总是一旦着手去做，就一定要达成。"

"姐姐，"露西女王说，"王兄说得很对。在我看来，如果我们因为害怕或预感的缘故，就放弃我们现在所追捕的如此高贵的动物，将来我们会感到羞愧的。"

"我也这么认为。"爱德蒙国王说，"我渴望找出这东西背后的意义，就算拿全纳尼亚及所有岛屿最珍贵的珠宝来换，我也不愿空手而返。"

"那么，以阿斯兰之名起誓，"苏珊女王说，"如果你们执意这么做，我们就继续前进，接受降临到我们头上的奇遇吧。"

于是，两位国王与两位女王进入了灌木林，他们往前走了不到二十步，就全想起来他们刚才看见的那东西叫路灯柱，接着往前再走了二十步左右，他们注意到自己不是穿行在树枝间，而是走在大衣堆里。下一刻，他们全都从一扇衣橱门里滚了出来，置身在一个空房间里。他们不再是身穿猎装的国王和女王，而是穿着原来那身衣服的彼得、苏珊、爱德蒙和露西。

时间还是他们躲进衣橱的那一天，而且是同一时刻。马葵蒂太太和那群观光客还在走廊上谈话。不过，幸运的是，他们始终没有进到这个空房间来，因此孩子们没被逮个正着。

　　要不是他们觉得自己必须去跟老教授解释，为什么衣橱里会少了四件大衣，这故事到此就真的结束了。而这位老教授真是个非凡的人物，他没叫他们别说傻话，也没斥责他们说谎，而是相信了整个故事。"不，"他说，"我不认为你们有必要再穿过衣橱去拿回那四件大衣。你们不可能再循原路返回纳尼亚。就算你们找回大衣，这时候也穿不着啊！呃？什么？没错，将来你们当然能够再回到纳尼亚。一旦在纳尼亚登基为王，就永远是纳尼亚的君王。但是，同一条路不能走两次，别去尝试。事实上，完全别**试图**回去。这事可遇不可求的。即使你们自己私下相处，也少谈这件事。对旁人更不要提起，除非你们知道对方跟你们一样有过类似的奇遇。什么？你们怎么会知道？噢，你们一定会**知道**的。那些不寻常的事，总会从人们的谈话——甚至他们的表情——露出马脚来的。睁大你们的眼睛，提高警觉。天啊，这些学校到底都**拿些**什么来教孩子啊？"

　　魔衣橱的冒险故事到此正式结束。不过，如果老教授说的没错，纳尼亚王国的冒险故事只能算是刚开始呢。

THE CHRONICLES OF
NARNIA

扫码阅读《纳尼亚传奇：狮子、女巫和魔衣橱》
英文原著电子书，培养双语阅读能力

彼得做最高王时，纳尼亚王国迎来了黄金时代。

在南方卡罗门王国的一个小渔村里，有个叫沙斯塔的小男孩，即将被卖给大公做奴隶。他暗自伤心时，大公那匹马突然开口说话，邀他一同奔向北方的自由国度——纳尼亚。两个逃亡者结伴而行，展开冒险之旅，沙漠、古墓、皇宫……途中他们还莫名其妙卷入一场可怕战斗的核心。

☆☆☆

快打开《能言马与男孩》，
看看他们有没有成功逃到纳尼亚王国吧！

纳尼亚传奇：狮子、女巫和魔衣橱

作者 _ [英] C.S. 刘易斯　译者 _ 邓嘉宛

编辑 _ 马宁　装帧设计 _ 王雪　主管 _ 李佳婕　技术编辑 _ 白咏明
责任印制 _ 杨景依　出品人 _ 许文婷

营销团队 _ 毛婷 戴亚伶　物料设计 _ 朱大锤

鸣谢

C.S. LEWIS PTE LTD

果麦
www.goldmye.com

以 微 小 的 力 量 推 动 文 明

图书在版编目（ＣＩＰ）数据

纳尼亚传奇. 狮子、女巫和魔衣橱 ／（英）C.S.刘易斯著 ；邓嘉宛译. -- 昆明：云南美术出版社，2019.8（2025.9重印）
ISBN 978-7-5489-3787-6

Ⅰ. ①纳… Ⅱ. ①C… ②邓… Ⅲ. ①儿童小说-长篇小说-英国-现代 Ⅳ. ①I561.84

中国版本图书馆CIP数据核字(2019)第124316号

The Lion, the Witch and The Wardrobe copyright © C.S. Lewis Pte Ltd 1950
Cover art by David Wiesner © 2007 by C.S. Lewis Pte Ltd
The Chronicles of Narnia ®, Narnia ® and all book titles, characters and locales original to The Chronicles of Narnia are trademarks of C.S. Lewis Pte Ltd. Use without permission is strictly prohibited.
Published by GUOMAI under license from the C.S. Lewis Company Ltd.
The Narnia website: www.narnia.com

责任编辑：梁　媛　王飞虎
责任校对：温德辉　张丹吉
特约编辑：马　宁
装帧设计：王　雪

纳尼亚传奇：狮子、女巫和魔衣橱

〔英〕C. S. 刘易斯 著　邓嘉宛 译

出版发行：云南美术出版社（昆明市环城西路609号）
　　　　　果麦文化传媒股份有限公司
制版印刷：天津丰富彩艺印刷有限公司
开　　本：880mm x 1230mm　1/32
字　　数：200千
印　　张：4.5
版　　次：2019年8月第1版
印　　次：2025年9月第20次印刷
印　　数：131,001-136,000
书　　号：ISBN 978-7-5489-3787-6
定　　价：29.00元

版权所有　侵权必究

如发现印装质量问题，影响阅读，请联系 021-64386496 调换。